味ごよみ、花だより

高田在子

角川文庫
23300

目次

第一話　再会

無数の梅の花々が岡田弥一郎(おかだやいちろう)を見下ろしていた。

白い五弁の愛らしい花たちは枝にぎっしりとついて咲き誇りながら、愛嬌(あいきょう)を振りまくように甘い香りを放っている。黄色い花芯(かしん)は、まるで小さな星の光を集めたよう。赤い萼(がく)は、白い花びらを鮮やかに引き立てている。

頭上に広がる梅の枝を仰いでいれば、ここは桃源郷ならぬ梅源郷かと言いたくなるが、幕府の薬草園である小石川御薬園(こいしかわおやくえん)内なのだ。

一献傾けるわけにもゆかぬ——弥一郎は舌打ちしたくなった。

辺りを見回せば、満開を迎えた幾種もの梅たちの美しい姿がある。紅梅も白梅も、みな見事だ。御薬園の梅はむろん製薬に使用するが、観賞にも十二分に値する。

幕臣であり、文人でもある大田南畝が小石川御薬園を訪れて、梅の花を観賞したこともあったのだ。

梅の枝の隙間から見える空に、弥一郎は目を細めた。

雲を押し流している風が、わずかな湿り気を帯びている。そのうちに、雨を孕んだ雲も近づいてくるだろう。

弥一郎は荒子のほうへ顔を向けた。弥一郎たち御薬園同心の下で、薬草の栽培に従事する者である。

ほんのり薄紅色に染まった梅の木の前に立って、若い荒子は枝へ右手を伸ばしていた。左手に抱えた籠の中は、薄紅色の梅の花でいっぱいになっている。

淡き春の一角を切り取って、閉じ込めたかのようだ。

これを塩漬けにするため、弥一郎は荒子に花を摘ませていた。

梅の花の塩漬けを白湯に浮かべれば、立派に茶の代わりとなり、来客に喜ばれる。

「もうよいぞ」

弥一郎の声に、荒子が手を止めた。

「採り過ぎれば実が生らなくなってしまう。桃や桜が咲けば、そちらも使えるしな」

荒子は籠の中を確かめてから一礼した。

「梅の花を塩漬けにしたら、今日はもう上がってよい。じきに雨が降るやもしれぬ」

荒子は空を見上げて首をかしげた。確かに少々曇ってはいるが、本当に降るだろうかと訝しんでいる表情だ。しかし「今日はもう上がってよい」という言葉に心を奪われているようで、すぐに大きくうなずいて、御役宅のほうへ向かっていった。

弥一郎も梅林を出るべく、ゆっくりと歩き始める。

生暖かい風が頰を撫でた。朝晩まだ冷え込む日もあるが、今後はひと雨ごとに暖かくなっていくだろう。

水温み、新芽が動けば、虫たちも土から這い出してくる。薬草畑の作業も忙しくなる——。

「おーい、弥一郎さん！　待ってくれ！」

背後から聞こえた大声に、弥一郎は眉をひそめた。足を止めずに歩き続ける。

「待ってくれと言っているだろう、まったく」

責めるような足音が、ぐっと近づいてきた。弥一郎は隣に並んだ男に、ちらりと目を向ける。

「六郎太、おまえは天台烏薬の根を掘り起こしておったのではないのか」

「もう終わった」

同輩の佐々木六郎太はにっこり笑って、得意げに胸を張る。

「ついでに万年青の様子も見てきたが、何の害もなく、相変わらず青々とした美しい葉を茂らせておった」

天台烏薬とは、中国原産の常緑低木である。中国にある天台山の物が上質とされたため、この名がついたといわれている。冬から春の間に掘り起こした根を薬用とし、健胃のため服用される。

また、万年青は古くから日本に自生している常緑の多年草である。観賞用の品が多く出回っているが、喉の腫れや、ふけの防止として、薬用にも利用される。ただし毒を含むため、素人判断での服用は危険である。

「荒子たちが頑張ってくれたおかげで、あっという間に仕事が終わったのさ。だから早上がりを許した」

弥一郎は鷹揚にうなずく。

「おまえは人使いが上手いからな。荒子たちを調子づかせて、てきぱきと動くよう仕向けたのであろう」

とぼけた顔で肩をすくめて、六郎太は前方を指差した。

「こっちの荒子にも早上がりを許したのか？」

六郎太の問いに、弥一郎はうなずいた。

「雨の気配がするゆえ」

「やっぱり気が合うなぁ！」

六郎太の声が弾む。

「おれも弥一郎さんを飲みに誘おうと思っていたんだ」

弥一郎は苦笑する。

「人の話を聞いておったか？　おれは、おまえを誘おうと思って、荒子に早上がりを許したわけではないのだぞ」

六郎太は屈託のない笑みを浮かべて、弥一郎の背中をばしんと叩いた。

「またまた、照れなくてもいいじゃないか」

「照れてなどおらぬ」

真に受けていない表情で、六郎太は目を細めた。

「では、お多福へ行こう」

上野の池之端仲町にある小料理屋だ。不忍池からも近い。

弥一郎は小首をかしげた。

「つい先日、大塚のほうによい店を見つけたと言っていなかったか？」

六郎太はうなずいた。

「だけど、お多福へ通うのをやめるわけじゃない。たまに気分を変えたくなった時に行く場所が、何軒かあってもいいだろう」

「確かに――」

弥一郎の頭に喜楽屋が浮かんだ。長年贔屓にしていた、神田須田町の一膳飯屋だ。未亡人の女将おせいが守っていた店だが、齢を重ねて体調を崩しがちになったため、おせいは引退して根岸へ移り住んだ。喜楽屋は、かつて奉公人だった、はなが女将を引き継いでいる。

弥一郎の胸に、ほんのり痛みを伴う切なさがよぎった。

はなは弥一郎が心を寄せていた女だ。親友であった結城良太の想い人でもある。

さまざまな出来事があったが、けっきょくは駒場御薬園勤めの採薬師だった良太が武士の身分を捨て、はなと生きる道を選んだ。

駒場御薬園の園監を務める植村家は代々御庭番の家系――すなわち公儀密偵であり、その下で働く駒場御薬園の採薬師たちも、それぞれ密命を帯びて各地を旅し、薬草採集にかこつけて諸国の内情を探っていた。

良太も、しかり。

だが今は、潜入先で料理人として働いていた経験を活かして、立派に喜楽屋の台所を切り盛りしている。はなへの思いを貫き、夫婦で力を合わせて、喜楽屋で生き直し始めたのだ。

「それでな、今日の日記なんだが――」

ぽんと肩を叩かれて、弥一郎は目を瞬かせる。六郎太は懐から帳面を取り出すと、大きく開いて弥一郎の目前にかざした。

「どうだ、この万年青の絵は。まだ色をつけていないが、なかなか上手く描けているだろう」

六郎太の明るい声に、弥一郎の回想は完全に目の前から姿を消した。

「葉の筋といい、厚みといい、そんじょそこらの絵師にも負けておらぬ筆遣いではないか？　荒子たちからも『こりゃあ立派な植物図譜ができますよ』なんて褒められてな」

弥一郎は帳面を見つめた。

「確かに、まぎれもなく万年青に見えるな」

六郎太が笑いながら「おい」と弥一郎の脇腹を小突く。

「万年青を描いたんだから、万年青に見えるに決まっているだろう」

弥一郎は眉をひそめて、六郎太を見やる。

「だが、日記をつけ始めた頃の絵はひどかった。にらと水仙の葉の描き分けもできていなかったぞ。植物に縁のない者であれば仕方ないが、公儀御薬園に勤める者としてあるまじき失態ではなかったか」

六郎太は後ろ頭に手を当てて苦笑した。

「それを言われると弱い。おれだって、実際に葉を前にして見分けることは当たり前にできたが、いざ思い出して描いてみろと言われると、少しばかり似通ってしまってなぁ」

六郎太は帳面を小脇に抱えると、宙に絵を描くように、右手の人差し指をしゅっと上下させた。

「にらよりも水仙の葉のほうが幅広で、厚く、株元の茎も太い。掘り上げた根も違い、水仙が丸い球根であるのに対して、にらは短い根茎が繋がった株の状態になっている」

六郎太は弥一郎に顔を向けて、にっこり笑った。

「ずっと御薬園におったおれなどは、つい『そういうもの』として覚えてしまっていたが——かつて弥一郎さんが巡った諸国で出会った村人たちのように、字の読めぬ者にとっては、絵で『こういうものだ』と覚えてもらったほうが早いな。また、絵で描けるということは、その特徴をしっかりとらえており、きちんと人に説明できるということだ。その域まで達しておらねば『わかっている』とは言えぬと、弥一郎さんに厳しく教えてもらったな」

弥一郎は、むっと眉間にしわを寄せた。

「別に教えたつもりはない」

小石川御薬園へ移ってきて間もなく、異国の植物について問われた際に、少しばかり駒場にいた頃の知識を披露して、六郎太に一目置かれてしまったのだ。

以来、植物の栽培についてあれやこれやと意見を求められるようになり、相手をするのが面倒くさくなった弥一郎は「人に問うてばかりおらず、まずおのれがしっかりと植物の状態を把握してから出直してこい。植物日記でもつけたらどうだ」と突き放した。

それで近寄らなくなるだろうと思ったのだが、弥一郎の言葉を真に受けた六郎太は毎日、手がけている植物の絵を描いてくるようになった。

真剣な表情で帳面を見せながら「この葉の先が茶色くなってきておってな――こっちは根腐れを起こしてしまい――」などと説明する六郎太に、弥一郎は困惑した。

こいつは何でも真に受ける馬鹿正直者なのかと大いに戸惑ったが、弥一郎の言葉に従って植物をよく観察し、植物日記をつけるようになった六郎太から逃げることはできなくなった。手が空いた時のみという約束で、六郎太の学びにつき合う羽目になったのである。

「弥一郎さんのおかげで、おれは荒子（あらしこ）たちに指図するのもずいぶん上手（うま）くなったぞ」

六郎太は得意げに胸を張った。

「先日、養生所へ入所しておる女のもとへ見舞いにきた子供と出くわしてな。母親に見せるのだと、どこかで手折ってきた水仙の花を持っておったので、あとでよく手を洗わねばならぬぞと忠告してやった。水仙には毒があるゆえ、茎から出た汁のついた手で物を食べれば命取りだぞ――とな。子供は、たいそう驚いておったわ。『にらと葉がよく似ているので、水仙の葉も食べられるかと思いました』などと、危険なことを申してな」

六郎太は目を細めて、弥一郎をじっと見る。

「だから教えてやったのよ。水仙とにらは、どちらも身近な植物なれど、口に入れれば片や毒草、片や青物――決して間違えてはならぬと。目で見た特徴に加えて、特有なにおいの有無などもしっかりと伝えた。かつて弥一郎さんが、諸国の村の子供に教えてやったようにな」

　弥一郎は、ふんと鼻を鳴らした。

「おれのつまらぬ昔話など、さっさと忘れろ」

　六郎太は目尻を下げて笑った。

「弥一郎さんは本当に照れ屋だなぁ」

「照れてなどおらぬ」

　弥一郎は歩みを速めた。六郎太も遅れずについてくる。

「早くお多福へ行って、美味い物を食おう」

「おれはまだ、行くと申しておらぬぞ」

「今日は絶対に、お多福へ行くべきだ」

　六郎太は柏手を打つように、ぱんと両手を打ち鳴らした。

「うん、そんな気がする」

　弥一郎は、じろりと六郎太の顔を見た。絶対の自信を持っているような顔つきだ。

「おれの勘は信じたほうがよいと、弥一郎さんも知っているだろう？」

　弥一郎は唸り声を上げた。

「確かに――以前、染井を訪れた際、おまえの言った方角へ進んだら、美味い飯屋があったな」

六郎太は、にんまりと笑う。

「弥一郎さんの言った方角へ進んだら、潰れた飯屋に行き当たってしまったものなぁ。最初から、自分の勘を押し通すべきだったよ」

弥一郎は、むっと口を「へ」の字に曲げた。

「染井の植木屋たちの庭園は、花見の名所にもなっておる。店を探す間も、躑躅の垣根などを眺めて、よい気晴らしになったであろう」

弥一郎の負け惜しみに、六郎太は笑みを深めた。

「染井の帰りに寄った居酒屋では、開店の周年記念にと、煮卵をひとつ多くつけられたなぁ。あれも、おれが『ここにしよう』と言った店だった。別の日に、別の店へ行った時も、同じようなことがあったよなぁ。客に酒をおごられた店主がほろ酔いになって、気前よく鯵の刺身をみなに振る舞ってくれただろう」

弥一郎は渋面でうなずく。

「確かに、おまえが選んだ店へ行くと、なぜか運に恵まれることが多いな」

六郎太は機嫌顔で、弥一郎の肩に手を置いた。

「だったら今日は、お多福に決まりだ」

六郎太が弥一郎の前に出る。

「熱々の蛤鍋が食べたいなぁ。あっさりした湯やっこもいいし、酒には田楽も欠かせない。ふんわりした卵とじも食べたいし、鰤大根も食べたい。揚げ立ての天ぷらは――残念ながら、お多福ではやってないか」

六郎太の言葉を聞いて、何やら腹が減ってきた。

「最後の締めは握り飯にしようか、それとも雑炊に――」

「うるさい。黙って歩け」

鳴り出しそうな腹に力を入れて、弥一郎は六郎太を追い抜かした。

御薬園前の坂を下り、小石川を出ると、ぽつぽつ雨が降り出した。

六郎太は空を見上げながら、手にしていた傘を差す。

「弥一郎さんの読みは、また当たったな。さすが、諸国の山を巡り歩いていた採薬師だ」

弥一郎は自嘲の笑みを浮かべる。

「昔の話はやめろ」

「いいじゃないか」

六郎太は傘の中で唇を尖らせた。

「自分が培ってきたものを、弥一郎さんはもっと誇るべきだ」

六郎太の視線をさえぎるように、弥一郎も手にしていた傘を開いた。

上野へ向かう途中、濡れながら悠然と歩く老齢の武士を見かける。すれ違いざまに、ちらりと横目で見られた。

武士は傘など差さぬものであるのに――まったく、近頃の若い者は――そう言われた気がした。

まばたきのついでを装って視線をそらし、弥一郎はぐっと傘の柄を握りしめる。

今は泰平の世――傘を差す武士も皆無ではないが、駒場御薬園にいた頃は、弥一郎とて傘など差さなかった。有事の際、傘が邪魔になってすぐに身動きが取れぬようでは命取りになるからだ。もし万が一にも敵に襲われ、抜刀できぬまま斬られでもしたら、武士にとっては一生の恥となる。

雨で刀の柄が濡れ、握った時に滑っては困るので、袂で柄を覆うくらいのことはするが、軒下まで慌てて走るなどという、みっともない真似もしなかった。

弥一郎が傘を差すようになったのは、駒場から小石川へ移って、しばらく経ってからのこと――遠国御用と無縁になってからだ。

弥一郎の実家である岡田家は代々、採薬師として駒場御薬園に勤めている。

良太と同様に、弥一郎もかつては隠密御用に就いていた身だったが、ある密命の最中、行動をともにしていた上役をかばって敵に斬られ、右腕を怪我した。

日常の暮らしにはさしたる支障もないが、親指にまるで力が入らなくなってしまったため、思うように刀を振るえなくなり、就いていた任を解かれた。

そのため岡田家跡継ぎの座を弟に譲り渡し、どこかで人知れずひっそり生きていくしかあるまいと思っていたのだが、自分のせいで弥一郎の未来が奪われてしまったと気に病んだ上役が、小石川御薬園同心にならぬかと持ちかけてきたのである。

跡継ぎのない御薬園同心が、老齢のため隠居を考えて、養子を探していたという。

上役がその話を持ってきた時、すでに周囲への根回しは済んでいた。あとはおまえの気持ち次第だと言われ、弥一郎はうなずいた。他にどうしようもなかった。

小石川御薬園奉行を務める岡田家が遠縁ということもあり、とんとん拍子に話は進んだのである。

危険な密命から離れ、薬草の栽培と調合のみに従事するようになって、弥一郎の暮らしは変わった。

いや、生き方が変わったというべきか。

いつの間にか、こうして外出時には傘を差して歩くようになってしまった——。

ぱらぱらと降る雨が傘の上で小気味よい音を立てている。

前を歩いていた六郎太が振り返った。

「今日も何か、いいことがあるかな」

のん気な笑顔を見ていると、沈みかけていた気分が浮上してくる。

「あるやもしれぬな」

傘に当たる雨の音が少しばかり軽やかになった気がして、弥一郎は口角を引き上げた。

「あれっ、まだ暖簾(のれん)が出ていないぞ。いつもなら、もう店を開けている時分なのに——」

首をかしげながら戸口に立つ六郎太の後ろから、弥一郎は暖簾掛を見上げた。

確かに、「お多福」と染め抜かれた藍色(あいいろ)の暖簾がかかっていない。

「急用ができて、休みにしたのではないか」

六郎太は首を横に振って、戸に顔を近づける。

「中から、よいにおいがするぞ。それに、話し声もする」

傘を閉じ、がらりと戸を引き開けて、六郎太は「やっぱり！」と声を上げた。

「おふくも、喜三郎も、ちゃんとおるではないか」

この店の女将と店主である。夫婦二人で切り盛りしており、喜三郎は料理人も兼ねていた。

さっさと中に入らぬ六郎太を訝しんでいると、六郎太は戸惑ったように小さな唸り声を発した。

「客人がいたのか」

小さな店の常連たちであれば、わざわざ改まって「客人」などとは呼ばぬ。私用の客かと思いながら、弥一郎も傘を閉じて軒下へ入り、ちらりと中を覗いた。

「あっ――」

おふくとともに土間に立っていた女が声を上げる。

弥一郎は目を見開いた。

そこにいたのは、ほんの数日前に出会った女だった。

確か、時枝と名乗っていた――。

時枝は一歩前に出ると、弥一郎に向かって深々と頭を下げた。

「先日は大変お世話になりまして、誠にありがとうございました」

六郎太が目を丸くして、時枝と弥一郎を交互に見やる。

「何だ、弥一郎さんの知り合いだったのか」

時枝は顔を上げて、じっと弥一郎を見た。

「弥一郎さま――とおっしゃるのですね？」

六郎太がうなずいて、時枝を見下ろす。

「知らなかったのか」

「はい。名乗ってはいただけませんでしたので」

即答した時枝に、六郎太は声を上げて笑った。

「それじゃ、難儀していたところを弥一郎さんに助けられたんだな？」

時枝は驚きの表情で口元に手を当てる。

「なぜ、おわかりになったのでございますか」

六郎太は腕組みをして、にやりと笑った。

「この人は照れ屋だからな」

時枝は小首をかしげながら弥一郎を見上げた。

照れ屋――なのでございますか？　と問うてくるような目だ。

弥一郎は、むっと眉間（みけん）にしわを寄せる。

「六郎太、よけいなことを申すな。暖簾が出ておらぬのだから、よそへ行くぞ」

時枝が、はっとした顔になる。

「申し訳ございません。つい長居をいたしました」

おふくに向かって頭を下げれば、おふくは笑いながら手を横に振った。

「あら嫌だ、頭を上げてくださいよ。もう一杯お茶をいかがです？」

「でも――」

「佐々木さまのお顔に『時枝さんの話が聞きたい』と大きく書いてありますよ。さ、小上がりへどうぞ」

おふくが言うや否や、六郎太は手にしていた傘を戸の近くに立てかけて、さっと草履を脱いだ。素早く小上がりに上がって、でんと腰を下ろす。

時枝が戸惑い顔で、小上がりと弥一郎を交互に見やる。

「弥一郎さん、早く来い」

六郎太が、ばんばんと自分の隣の床を叩く。

「さあ、時枝さんもこちらへ」

時枝は恐縮顔で六郎太に一礼した。

おふくが微笑みながら三人分の茶を運んでくる。

弥一郎はため息をついて、六郎太の傘の隣に自分の傘を立てかけると、ゆっくり小上がりへ向かった。

弥一郎が座ると、時枝が居住まいを正して床に手をついた。

「先日は、誠にありがとうございました」

改めて頭を下げる時枝に、弥一郎は人差し指でこめかみをかく。

「過ぎたことだ。いつまでも気に留めておく必要はない」

「ですが――」

弥一郎は目の前に置かれていた茶を飲んだ。ほうと息をつきながら、時枝の視線からさり気なく顔をそむける。何度も頭を下げられてしつこく礼を言われては、まったく落ち着かない。

「この人のぶっきらぼうな物言いは気にしないでくれ。いつもこうなんだ」

六郎太が時枝に笑いかけた。

「世話役のおれも、いつも困っている」

まったく困っていない表情の六郎太を、弥一郎は睨(にら)みつけた。

「おい、誰が世話役だ。勝手なことを申すな」

六郎太は「いいじゃないか」と明るい声を上げて、弥一郎の顔を覗き込んだ。

「おれが弥一郎さんの世話役で、弥一郎さんはおれの指南役だ。そうして互いに助け合って、親交を深めてきたのだからな」

無邪気にしっぽを振る犬っころのような目で見つめられても、返答に困る。

「まったく、おまえは調子のいいやつだな」

照れ隠し半分で言葉を投げて、弥一郎は茶をすすった。

六郎太も茶を飲んで、時枝に向き直る。

「それで、弥一郎さんとの出会いはどうだったのだ」

時枝は困り顔になる。

「どう――とおっしゃられましても――不忍池の前で具合を悪くした祖父を助けていただきまして――そちらさまがこのお多福へ祖父を運んで、薬を飲ませてくださったのです」

六郎太が大げさに驚いた顔をして「ほう！」と声を上げた。

「さすが弥一郎さんだ。やはり、お優しい」

にやついている笑顔が癪(しゃく)に障る。弥一郎は、ひくりと口元をゆがめた。

「黙れ。おまえに褒められても、愚弄(ぐろう)されているような気にしかならぬぞ」

六郎太は肩をすくめた。

「そいつはひねくれ過ぎだ。なあ、時枝さん」

同意を求められた時枝は眉根を寄せて、助けを求めるように調理場の前にいるおふくを見た。おふくは苦笑しながら六郎太を見やる。

「そんなこと言われて『はい、そうですね』なんて答えられるわけないじゃございませんか。佐々木さまも、お人が悪いですよ、まったく」

六郎太は楽しそうに声を上げて笑った。

おふくが茶請けの菓子を運んでくる。

「時枝さんにいただいた、椿餅でございます」

二枚の椿の葉で挟んだ餅菓子である。白砂糖で甘みをつけ、肉桂で香ばしさを加えてある。

三人の前に椿餅を置くと、おふくは優しい目で時枝を見た。

「次からは、もうお気遣いなさらないでくださいね。お礼の品は、すでに先日いただいておりますし。今日なんて、こちらの都合で来ていただいたんですから」

時枝は恐縮したように首をすくめる。

「いえ。あの時は、本当に助かりました。駕籠を呼んでいただいたおかげで、祖父を無事に連れ帰ることができたのです。本当に、こちらにいらした、みなさまのおかげです」

おふくは首を横に振った。

「駕籠を呼びに走ったのは、諭吉さんですよ。過分な駕籠代を頂戴したようで、何だか申し訳ないと言っていましたよ」

「諭吉の弟は駕籠かきだったな」

六郎太の言葉に、おふくはうなずく。

「たまたま、その場にいましてね。すぐに、ひとっ走りしてくれたんですよ」

六郎太は納得顔で椿餅にかぶりついた。

「あいつは気のいいやつだ。足も速い。いざって時にいてくれると、頼りになる」

諭吉と気安く杯を交わしている六郎太の姿が、弥一郎の頭に浮かんだ。この男は、誰とでもすぐに打ち解けられる性分なのだ。

六郎太が人懐こい目を時枝に向けた。

「こちらの都合で来てもらったというのは、いったいどんな用向きだったのかな？」

時枝は壁の飾り棚を手で指し示す。

「あちらの置き物をお届けに参りました。祖父の官九郎は、下谷町一丁目で泉屋という古道具屋を営んでおりまして」

飾り棚の上に載っているのは、白い木彫りの動物である。鼻が長く、耳が大きい。立派な牙もあった。

「象か——享保十三年（一七二八）に長崎から江戸へやってきた際は、各地で見物人の山ができたという」

弥一郎の言葉に、時枝は感じ入ったような表情をした。

「あの置き物は、まさに、その享保の象を見た彫り物師の作といわれております。白く塗ったのは、普賢菩薩が乗る白象を思い起こさせようとした狙いのようでございまして」

弥一郎は鷹揚にうなずいた。

「白象は霊獣ゆえ、縁起物として売れたのやもしれぬな」

「おっしゃる通りかと存じます」

六郎太が飾り棚の上の白象を指差した。

「以前そこにあった、張り子の虎はどうしたのだ？」

おふくは腰に手を当て、口を「へ」の字に曲げた。

「それが、とうとう駄目になってしまったのでございますよ」

六郎太が即座に「しっぽか」と問う。

おふくは瞑目してうなずいた。

「お尻のつけ根から取れておりましたでしょう。何度つけ直しても、ぽろりと落ちてきてしまいましてねえ。雄々しく上がったしっぽがない虎は、何とも情けない風情でございます。新しい置き物を買わなきゃ駄目だと、ちょうど亭主と話していたところ、時枝さんが――」

みなの視線が時枝に集まる。時枝は緊張したように、わずかに身を強張らせた。

おふくは幼子を見守るような目で時枝を見つめる。

「菓子折りを持って、お礼の挨拶にきてくれた時、張り子のしっぽがまた取れているのに気づきなさって。そのうち店が暇になったら買い直すって話をしたら『古道具でよろしければ、祖父の店で何かよい品を見繕ってまいります』って言ってくださったんですよ。それで泉屋さんに、お任せすることにしたんです」

六郎太が白象と時枝を交互に見た。

「なるほど、今日は品を納めに参ったのか」

「はい。こちらさまには、祖父も大変感謝しておりまして。張り切って品を選ばせていただきました。祖父は自分が白象を届けるのだと言い張っておりましたが、また外出先で具合を悪くしてはいけませんので、もう少し体の調子が落ち着くまでは待つようにとなだめすかして、わたくしがお届けに参りました」

時枝は少々恨みがましい目を弥一郎に向けてくる。

「そちらさまにも改めてお礼がしたいと、祖父は毎日のようにくり返しておりますが——お名前も教えていただけませんでしたので、御薬園まで押しかけることもできずに——」

弥一郎は目を細めた。

時枝の祖父、官九郎を運び込んだ時、おふくが言ったのだ。

——困った時は、お互いさまですよ。あたしら町の者だって、養生所のお世話になることもあるんですから。御薬園同心さまのお頼みとあれば、なおさら断るわけにはまいりません——。

祖父の容体に気を取られながらも、弥一郎が御薬園同心だということを時枝は聞き逃さなかったのか。弥一郎の去り際に、しっかりと名を聞いてきたあたりからして、よく気の回る女らしい。

まだ鉄漿(おはぐろ)もつけておらず、未婚の町女の身なりをしているが、若いといっても十

五、六の小娘ではないのだ。助けられれば礼を返すという分別を持ち合わせていて当然かもしれぬが——。

助けを求めていた時枝の悲痛な声が、弥一郎の耳の奥によみがえる。うずくまる祖父の隣にしゃがみ込み、今にも泣き出しそうだった時枝の顔が、弥一郎のまぶたの裏によみがえる。

通りかかる者たちは誰も足を止めてくれず、さぞ心細かったことだろう。見かねた弥一郎が声をかけた時には、うっすらと目に涙を浮かべていた。

動転すれば、周囲への気遣いなど頭から飛んでしまっても、何らおかしくはない。

「そんなに気にかかっていたのであれば、遠慮せず、御薬園まで参ればよかったのに」

屈託のない六郎太の声が小上がりに響いた。

時枝は首を横に振る。

「にべもなく『後日またわずらわされるのは、かえって迷惑だ』と言われてしまったのです」

六郎太は笑った。

「真に受けることはなかったんだ。弥一郎さんなりの遠慮なんだから」

即座に否定するも、六郎太は笑いながら首を横に振るばかりだ。

「時枝さん、おれが改めて紹介しよう。この人は岡田弥一郎といってな、おれと同じ、小石川御薬園同心なんだ。おれも弥一郎さんも、御薬園内にある御役宅の長屋に住んでおる。弥一郎さんは物知りだから、何かあれば頼るがよいぞ」

「またおまえは勝手なことを――」

六郎太を横目で睨んでから、弥一郎は時枝に向き直る。

「薬草に関することならともかく、それ以外のことは知らぬ。何かあっても頼れぬぞ」

時枝は微苦笑を浮かべる。

拒まれて傷ついた表情にも、先日のように頼ることなど金輪際ございませぬよと怒っている表情にも見えた。

弥一郎は時枝から目をそらして、飾り棚を見やる。白象の細長い鼻が目についた。

「今度は象の鼻が折れぬよう気を配らねばならぬな」

「わざと壊れやすい物を選んできたわけではございませんが――」

時枝を見れば、今度こそ怒っている顔つきだった。弥一郎は内心慌てる。

「別に嫌みのつもりで申したのではないぞ。先ほどおふくが、虎のしっぽが取れたと申しておったゆえ、今度は象の鼻が取れねばよいと思ったまでのこと」

六郎太に、ばしんと背中を叩かれた。

「弥一郎さんは冗談が下手くそなんだ」

「いや、冗談ではない」

「きっと象は大丈夫だ」

六郎太が力強く言い切る。

「享保の象は、八代将軍であらせられた有徳院殿（徳川吉宗）がご所望なさったのだ。有徳院殿は武芸を奨励なさり、軍馬の飼育にも熱心なお方であらせられたと聞く。有徳院殿がお望みになった象が軟弱なはずはない。あの象の置き物とて、頑丈なはずだ」

六郎太は一気にまくし立てると、取り成すような笑みを時枝に向けた。

「泉屋が弥一郎さんへの礼を気に病み続けるようであれば、いつでも御薬園へ参るがよい。もちろん、容体がよくなったらだぞ。門番におれの名を出せば、いつでも弥一郎さんを引っ張っていってやる」

時枝がじっと弥一郎を見つめる。これ以上拒めば、また怒らせてしまいそうだ。

六郎太に脇腹をつつかれて、弥一郎は口を開いた。

「ただし、礼の品などいらぬ。過分な心遣いをされては、かえって――」

時枝の表情に、警戒の色が浮かんでいる。また「かえって迷惑だ」と言われるのではないかと身構えているようだ。

弥一郎は咳払い（せきばらい）をした。

「かえって恐縮するだけだ。来るなら、手ぶらで来い」

時枝の表情がやわらいだ。弥一郎に向かって一礼すると、ほっとしたように息をついて茶を飲む。

しばし三人無言で椿餅（つばきもち）を頬張った。

「わたくし、そろそろお暇（いとま）いたします」

椿餅を食べ終えると、時枝が立ち上がった。草履を履いて、おふくと喜三郎に辞儀をすると、戸口へ向かう。

戸を引き開けた時枝が、しばし敷居の前で立ち止まった。

見ると、雨がまだ降り続いている。

「おれの傘を持っていけ」

振り返った時枝に、弥一郎は顎（あご）をしゃくって戸の近くに立てかけてあった傘を指し示した。

「ですが、それでは岡田さまが――」

「構わぬ。傘も、返さなくてよい」

時枝は躊躇(ちゅうちょ)した顔で、傘と弥一郎を交互に見つめた。

「弥一郎さんは、おれの傘に入れるから大丈夫だ」

六郎太が声を上げた。弥一郎は眉間(みけん)にしわを寄せる。

「男二人でひとつ傘の下に入るなどと、気色の悪いことを申すな」

六郎太は不満げに唇を尖(とが)らせた。

「だが、それでは弥一郎さんが濡(ぬ)れてしまうだろう」

「武士は本来、傘など差さぬもの――採薬の旅に出ていた頃は、濡れながら何里も歩いておったのだ。おれはそんなに柔(やわ)ではない」

「遠慮せずとも」

「しておらぬ」

おふくが笑い声を上げながら戸口に歩み寄った。

「せっかくだから、お借りしましょう」

弥一郎の傘を手にして、時枝に差し出す。

時枝が弥一郎の顔を見た。弥一郎はうなずく。

「では、お言葉に甘えてお借りいたします」

時枝はおふくの手から傘を受け取った。

敷居をまたいで振り返ると、再び丁寧に礼をしてから、傘を開いて踵（きびす）を返す。

「またいらしてくださいね」

戸口で見送るおふくの声が優しく響いた。

やがて、おふくが戸を閉めると、しとしと降り続く雨は見えなくなる。

「弥一郎さん、よかったなぁ」

にやにやと笑う六郎太に、弥一郎は首をかしげた。

「何がだ？」

「とぼけなくてもいいじゃないか。また会う口実を作りたくて、時枝さんに傘を貸したのだろう？」

「いや、違う。先ほど申した通り、あの傘は時枝にやったつもりだ」

六郎太は、きょとんと目を瞬かせた。

「なぜ、また会う口実を作らねばならぬのだ？」

弥一郎の言葉に、六郎太は腕組みをして唸（うな）った。

「ご注文は何になさいますか？」

調理場から、喜三郎の声が上がった。おふくが店の暖簾を表に出す。

「酒と豆腐田楽をくれ」

弥一郎が言えば、六郎太が我に返ったような顔で「蛤鍋もだ！」と叫ぶ。

「鰤大根と、卵とじも欲しい」

「卵とじは、にらでよろしいですか？」

喜三郎はにっこり笑って六郎太を見た。

六郎太が大きくうなずく。

「にらも卵も、たっぷり入れてくれ」

「承知いたしました」

喜三郎が料理に取りかかっている間に、おふくが酒の支度をする。

「お待たせいたしました」

すでに仕込んであったらしい鰤大根と酒がすぐに運ばれてきた。

手酌で酒を飲みながら、鰤大根を食べる。

隣で六郎太が「うーん」と感嘆の唸り声を上げた。

「美味い――鰤にも大根にも、よく味が染みておる」

弥一郎は同意して、大根を頬張った。

確かに美味い——と思いながら、ふと喜楽屋の風呂吹き大根を思い出す。

はなと良太の寄り添う姿が頭に浮かんだ。

身分違いのため離れ離れになっていた二人が夫婦として幸せになれたのは、とても喜ばしいことだ。弥一郎の胸を時折よぎる小さな痛みなど、過去の残骸のようなもの。もともと良太とはなが想い合っているところへ、弥一郎の心が動いてしまったのだ。はなへの想いは、すっぱりと断ち切った。

そつなく任務をこなし、かつて自分が解かれたお役目に就き続けていた良太への複雑な思いも、綺麗さっぱり消え失せた。はなのために良太が潔く家を捨てた時、ああ、やはりこいつには敵わぬと思い知ったのだ。すがすがしさが弥一郎の胸中を駆け抜け、澄んだ泉のように純粋な友情の念がこんこんと湧き出てきた。

二人が一緒になってから、まだ喜楽屋を訪れていないのは、わだかまりというより、照れくささのようなものか——。

はなに面と向かって好意を伝え、おれにしておけと迫った気恥ずかしさは弥一郎の中に残っている。

よく味の染みた大根を噛みしめながら、弥一郎は思案した。

喜楽屋へ顔を出すのは、やはりもう少しだけ、ほとぼりが冷めてからにしたい。それまで、どこか別の店で食事をしようと思うが、さて、どこがよいか——。

弥一郎は、ちらりと隣に目をやった。

六郎太が鰤にかぶりついている。

「ん？　何だ、弥一郎さん」

「いや、何でもない」

こいつが出入りしている店はやめようと瞬時に思った。これまで以上に頻繁に膝をつき合わせねばならなくなるのは、ちときつい。

だが、お多福の他にどこかよい店は——となると、すぐには思い浮かばなかった。

「お待たせいたしました。にらの卵とじでございます」

弥一郎は、さっそく箸をつける。

とろりとやわらかい卵がにらに絡んで、ぷるぷると震えた。

口に入れると、醬油の味が優しく染みた卵の甘みと、心地よい歯ごたえを残しながらもやわらかく煮えたにらの風味が、弥一郎の舌の上に載った。

「うむ」

嚙みしめて、飲み込む。

「美味いなあ、弥一郎さん」

隣を見ると、六郎太が大口を開けて卵とじを頬張っていた。

弥一郎はうなずいて、ちびりと酒を舐める。

一人で静かに過ごせる憩いの店は、さてどこにあるのだろうかと思いながら、新たに運ばれてきた豆腐田楽と蛤鍋に舌鼓を打つのであった。

翌日は晴れ渡り、暖かい日差しが薬草畑の上に降り注いだ。

御薬園内に咲いている水仙や福寿草の花も、たっぷりと日の光を浴びて、時折吹く微風に心地よさそうに揺れている。

朝から薬草を見回っていた弥一郎は昼飯を終えると、御薬園内にある自分の畑へ向かった。御薬園奉行が遠縁ということもあり、御薬園の片隅に小さな畑を作ることが許されているのだ。

かつて弥一郎が勤めていた駒場御薬園園監を務める植村家は、ここ小石川御薬園奉行次席を兼ねることもある。弥一郎の待遇についても両園の間で滞りなく話が進められたと聞いたが、その際に雑談の中で、御薬園内の空き地に弥一郎の好きなように使える試作地を与えてもよいという話が出たという。

上役たちは、採薬師として諸国を巡っていた弥一郎が今後も思う存分に薬草の研究を深められるよう配慮したつもりだろうが、弥一郎はさまざまな青物を作り、完全に菜園としてしまった。

小石川へ移ってきた当時は、過去を引きずるような真似をしたくなかったのだ。仕事を離れた時にまで薬草を扱いたくないと思った。

といって、三味線などの芸事に生き甲斐(がい)を見出(みいだ)せるわけでもなく、けっきょくは植物を育てることしかできなかったのであるが――。

弥一郎は畑に着くと、鮮やかな緑の青物たちを眺めて目を細めた。

日当たりのいい畑の中で、すくすく育った青物たちを目にすると、心がなごむ。

猫の額ほどの畑だが、開墾の際にはなかなかの労力がかかった。荒子(あらしこ)たちの手を借りずに、たった一人で放置されていた土を耕したのである。非番の折に数日かけて石を掘り起こし、畝まで作ったのは、半ば意地だった。

今となっては、いったい何に意地を張っていたのかさえわからなくなったが、風よけとなる木々に囲まれた、日当たりのよい、この小さな畑に愛着が湧いていた。畑の脇に小さな納屋まで建てて、くつろげる場所のひとつとしてある。

弥一郎は納屋から背負い籠(かご)を取り出すと、春菊に歩み寄って収穫した。

春菊は、室町（むろまち）の頃に渡来した植物とされている。春に菊に似た花を咲かせるので、この名がついた。

生の茎葉のしぼり汁で湿布すれば打ち身などに効き、乾燥させた茎葉を浴剤として使えば冷え症に効くが、弥一郎はむろん食用として育てた。

背負い籠の中に春菊を入れ、ほんの少しだけつぼみを開き始めた菜の花と、にらを加えて、弥一郎は畑を出た。

同じ御薬園内にある、小石川養生所へ向かう。

病人たちの食事を作る賄中間（まかないちゅうげん）、彦之助（ひこのすけ）とは親しく言葉を交わす間柄であり、時折菜園の作物を分けてやっていた。

「おや、ちょうどよいところへ」

弥一郎が勝手口に立つと、彦之助はつぶらな瞳（ひとみ）を大きく見開いた。まるで愛嬌（あいきょう）のある狸のような顔だ。

弥一郎は土間に踏み入って、小柄な彦之助をじっと見下ろした。

「何がちょうどよいのだ？」

「秀介（しゅうすけ）さんがいらしているんですよ」

彦之助は廊下へ目を向ける。

「本道（内科）の先生にご用があるそうです」

養生所には、所長である肝煎を始め、本道、外科、眼科の医師が勤めている。他に、入所している患者の世話をする看病中間、女看病人、賄中間などがいて、成り立っていた。

「秀介は、元気でやっておるのか」

背負い籠を渡しながら問えば、彦之助がうなずく。

「初めてお会いした時と、顔つきが変わりましたね。ぐんと頼もしくなっていらっしゃるようで。『しっかり励まねば、岡田さまに顔向けできません』とおっしゃっていましたよ」

弥一郎が小泉秀介と出会ったのは、昨年の卯月（旧暦の四月）——たけのこの美味い時季だった。

互いに喜楽屋の客として顔を合わせたことが縁で、公儀御鷹匠の子でありながら妾腹として貧乏長屋に育った秀介の「町医者になりたい」という望みを叶える手助けをすることとなったのだ。

弥一郎が紹介した小石川の町医者のもとで、秀介は今年に入ってから医術を学び始めている。

「弥一郎さまが養生所の先生に頼んで、修業先を見つけてくださったことに、秀介さんは大変恩義を感じていらっしゃいます」

弥一郎は眉をひそめた。

「恩義など無用だ」

ただ、秀介がおのれの意志を貫き通して、立派な町医者になってくれればよいのだ。

彦之助が背負い籠を調理場に運びながら、ふふふと笑う。

「そうはおっしゃっても、秀介さんにとって、弥一郎さまは恩人ですよ」

「そのようなこと――」

おれはちっとも思っておらぬと続けようとした時、廊下の奥から足音が聞こえてきた。

「岡田さま！　ご無沙汰しております」

現れたのは秀介である。

弥一郎の顔を見た秀介が、ぱっと満面の笑みを浮かべる。弥一郎は鷹揚にうなずいた。

「励んでおるようだな」

秀介は草履を履いて土間に下りると、弥一郎に向かって丁寧に一礼した。

「おかげさまで、津村先生にも大変よくしていただいております。今はまだ、治療中の患者の腕を押さえたり、薬を飲ませる介添えをしたりということしかできませんが、先生が病人の顔色や脈を診たりしているご様子を間近で拝見するだけで、学びになります。また、先生が昔つけておられた日誌や医書などもお貸しくださり、病名や薬名などについても丁寧に教えていただいております」

「ほう」

弥一郎は目を細めて秀介を見下ろした。

確かに、顔つきが変わった。

苦労して育ったためか、もともと利発そうで大人びた顔つきをしていたが、彦之助の言う通り、さらにぐんと頼もしくなったようだ。

出会った頃の少年は時の彼方へ去りゆき、大人の域に足を踏み入れた一人前の若者が、今、弥一郎の目の前に立っている。

「本日は、津村先生がお借りしていた医書を堀井先生にお返しに上がりました」

声も口調も、すっかり落ち着いている。患者を安心させるような話し方を心がけているのだろうと見て取れた。

「それと、もうひとつ――実は、どうしても岡田さまにお会いしたかったのです」

真剣な表情で、秀介が一歩前に出てきた。

「津村先生の患者だった、次郎吉を覚えていらっしゃいますか？　以前、養生所に入所しておりました子供で、岡田さまに朝顔の種をいただいたと申しております」

弥一郎の頭に、次郎吉のあどけない笑顔が浮かんだ。

あれは確か、昨年の春の終わり――この場所で顔を合わせた男児である。遊んでいるうちに足を滑らせて小石川村を流れる川に落ち、意識を失って養生所へ運び込まれていた。幸い、命に別状はなく、すぐに意識を取り戻したのだが、頭を打って足を怪我していたため、しばらくの間は安静が必要だったのである。

「次郎吉は、今年で六つになったのだったな――少しは落ち着いて――おらぬであろうな」

弥一郎の言葉に、彦之助が背負い籠の中から青物を取り出しながら苦笑する。

「なかなかのやんちゃ坊主でしたからねえ。先生方に『もうしばらく、じっとしておれ』と言われても、まったく聞く耳を持たず――まあ遊びたい盛りの子供なので仕方ありませんが――歩けば足が痛むからといって、赤子のように這いつくばったり、横になって芋虫のようにごろんごろん転がってまで、養生所内を動き回られたのには驚きました」

弥一郎はうなずいた。

彦之助に菜園の青物を届けにきて、廊下の奥から突然「こんにちは！」と転がってこられた時には、驚きのあまり一瞬ぎょっと身が強張ってしまった。

「暇を持てあましておったのであろうが、こちらも次郎吉を持てあましたな」

さっさと帰ろうとした弥一郎の着物の袖をつかんで、次郎吉は遊んでくれとわめいた。弥一郎は畑仕事をする際の裁着袴姿であったが、二本差しの武士として次郎吉の目には恰好よく映ったらしい。「お侍さまみたいに強くなりたい」と、腰にしがみつかれて剣術指南をせがまれた。

駆けつけた母親が真っ青になって低頭し、弥一郎に詫びたのだが、次郎吉本人は武士に対して無礼を働いたという自覚もなしに、無邪気な笑みを浮かべていた。

年端もゆかぬ子供を相手に怒っても仕方がないと、弥一郎は非礼を許したが、次郎吉の勢いは止まらなかった。母親に叱られた次郎吉はふてくされて床に仰向けになり、両手両足をばたばたと振り回して暴れたのである。

その結果、足の怪我がひどくなり、養生所の医師たちは頭を抱えた。

彦之助のもとへ顔を出すたびにまとわりつかれてはたまらぬと思った弥一郎は

「人に剣術指南を頼む前に、まず足を完治させるべきであろう。それに、おれは、おまえのように落ち着きのない子供に物を教えてやる気など毛頭ないぞ」と突き放した。そして傷ついたように顔をゆがめる次郎吉に泣きわめかれてはたまらぬと、とっさに懐にあった朝顔の種をやったのだった。

その種は、養生所の敷地内に入ってすぐ行き会った本道医、堀井正蔵がくれた物だった。養生所へ顔を出した際、薬草に関して問われ、教えてやった礼だという。

――変化朝顔の種です。何種類か混ぜてありますので、どんな花が咲くかは、お楽しみ。非常に珍しい朝顔であれば、ひと儲けできるかもしれませんぞ――。

変化朝顔とは、文字通り、変わった花や葉を持つ朝顔のことである。

確たる理由はわからぬが、時折、普通と思っていた朝顔に珍しい姿形の物が出現する場合がある。例えば、花びらにぎざぎざと切れ込みが走っていたり、糸のように細い葉だったり――。

一年草の朝顔は冬になると枯れてしまうので、再び同様の花を咲かせるためには、種を取って蒔くしかない。

だが、変化朝顔には種のできる物とできない物があり、思い通りの花を毎年咲かせることは難しい。よって貴重な珍品として扱われ、高値がつくのである。

変化朝顔で金儲けをするなど微塵も考えなかった弥一郎は「花を咲かせることができれば、剣術指南も考えてやる」と言って、次郎吉に種を渡した。

男と男の約束である。もし次郎吉が花を咲かせるまで変化朝顔を育て上げたとしたら、その時は本当に剣術を教えてやろうと思っていた。

だが、実際に教えることはあるまいと高をくくってもいた。

子供の話を真に受ける必要はない。他の何かに興味を惹かれれば、次郎吉の剣術への憧れなどすぐに消え失せるだろうと思っていた。

変化朝顔の種を握りしめて夢見るように目を輝かせていた次郎吉は、やがて怪我が治って退所していったが、夏を過ぎ、冬になっても御薬園へ押しかけてくることはなかったので、やはり剣術指南の話などすっかり忘れているのだと思った。

または、最後まで世話をしきれずに変化朝顔を枯らしたか——。

「次郎吉は立派に花を咲かせたのでございます」

秀介が嬉しそうな笑みを浮かべた。

「開花のご報告をするため、岡田さまにお会いしたいとしきりに申しておりましたが、これ以上の無礼は許されぬと母親たちに止められておりまして。泣く泣く、あきらめていたようでございます」

「ほう」

少しは成長したのかと感心する。

「岡田さまもご存じの通り、養生所から無事に退所したあと、次郎吉は、同じ小石川村に住む津村先生にその後の経過を診ていただいておりましたが——その縁で、先日これを持ってまいりました」

秀介は懐から小さな紙包みを取り出して、弥一郎に差し出した。

「変化朝顔の種でございます」

弥一郎は感慨深く包みを見つめた。

「種まで取ったのか。あの聞き分けのないわがまま者が、よくぞ飽きずに世話をしたものだ」

「変化朝顔の芽が出てから、次郎吉は変わったようでございます。伸びていく蔓に興味を抱き、毎日じっと変化朝顔を観察するようになったそうで。癇癪を起こして暴れることもなくなったと、次郎吉の躾けに悩んでいた両親も大喜びでした」

彦之助が感心したように唸る。

「あの次郎吉が、朝顔を……子供は何に興味を持つか、わからないものですねえ」

「そうだな」

と言いながら、弥一郎はわずかに首をかしげる。

御薬園勤めの家に生まれ育った弥一郎は、この世に生まれ落ちた瞬間から、将来は薬草に関する仕事に従事する者と定められていた。物心ついた時にはすでに弥一郎自身も、岡田家嫡男として、いずれ自分は採薬師になると思っていたのである。

弥一郎が薬草に興味を抱くことは当たり前だった。もしもまったく抱けずにいたならば、それは家の存続にも関わる大問題となっていただろう。

受け取った包みを見下ろす弥一郎の胸に、ほんのわずかに憧憬（しょうけい）のような思いが走った。

次郎吉は百姓の子であると聞いた。変化朝顔への興味が害になることは、まずあるまい。そのうち畑の作物へも興味を示すようになれば万々歳だ。他に跡を継ぐ兄弟がいるのであれば、花の栽培家への道だって開けるやもしれぬ。

弥一郎は秀介に目を移した。

公儀御鷹匠（たかじょう）の子でありながら、町医者への道を歩み始めた秀介は今、充実した日々を送っているようだ。妾腹（しょうふく）ということで父親と暮らすことができず、貧しい暮らしの中で苦労もしただろうが、夢を叶（かな）えるために励んでいるその姿は眩（まぶ）しいほど生き生きとしている。

次郎吉も、秀介も、おのれの内から湧き出てきた望みをつかむことができる――。

弥一郎は右手を握りしめた。

固く拳を握っても、親指にだけは力が入らぬ。

この指一本のせいで、いったいどれだけ多くのものを失ってきたのかという思いが込み上げてくる。

弥一郎はため息ひとつで、その思いを腹の底へ押し戻した。

思っても詮無いことを、思ってどうする――。

世の中は、ままならぬもの。

そもそも弥一郎がうらやんだものは、いったい何だ。

失ったお役目、叶わなかった恋――それらを手にした者たちか。

否。

おのれの内から生ずるものを追いかけられる者たちではなかろうか――。

弥一郎はいつも、どこかで、あきらめていた気がする。

肝心のあと一歩が踏み出せない――または、踏み出したとしても遅れる。

親友だった良太に対して複雑な思いを抱いたのも、そこだ。

やつは、あきらめない。

周りの目など気にせず——いや、気にしつつも、我が道を突き進んでいく。傷つき、傷つけることを恐れない者はいない。

そつなく任務をこなしているその裏で、良太も苦しんでいた。必死にあがき、なり振り構わぬ姿をさらけ出してまで、何とか円満にはなを娶ろうとしたのだ。

だが、はなが自分らしさを失ってしまえば——良太が愛したはなを壊してしまえば、いったい何のために努力してきたのかわからなくなってしまう。

だから、良太は家を捨てた。

良太の父、弾正も、かつて町女を愛して葛藤した過去があったため、良太の決断をやむなく受け入れた。良太一人しか子がいなかった結城家は今、兄弟が多くて行き場のなかった男を養子に迎え入れているが、傍から見ても、そこに至るまでの道のりは決して平坦ではなかった。

弥一郎自身が、はなに惹かれる前「はなの存在が上に知られれば、お役目の邪魔となる者は消せという命が下るやもしれぬぞ」と良太を脅して、二人を別れさせようとしたこともあったのだ。

想いを貫き通した二人の生き方は、周囲から非難されることもあるやもしれぬが、弥一郎の目には眩しかった。

あの二人もまた、おのれの内から湧き出てきた望みに向かって懸命に手を伸ばし、つかんだのだ。

「次郎吉は、岡田さまにも変化朝顔を見ていただきたかったと申しておりました」

秀介の声に、弥一郎は引き戻された。

追憶の中から抜け出れば、澄み渡った空の下に雄々しく伸びる青竹のような、さわやかな笑みを浮かべる若者が目の前にいた。

「お会いするのが叶わぬのなら、せめてその種を受け取っていただきたいと申して、津村先生に頭を下げたのでございます」

弥一郎は目を細めた。

「子供ながらに殊勝な真似を」

手にしていた包みをそっと開くと、二重に包んであった紙の中から、変化朝顔の種が十粒出てきた。

小さな黒い粒を指でつまんで「岡田さまにも分けてあげる！」と声を張り上げる次郎吉の笑顔が頭に浮かぶ。

弥一郎は口角を引き上げた。

「今年は、おれも育ててみるか」

種を丁寧に包み直して懐にしまうと、弥一郎は秀介に向き直った。

「次郎吉の住まいはどこにある？」

秀介は目を瞬かせた。

「次郎吉と交わした約束を守らねばなるまい」

秀介は大きく目を見開いたのちに、満面の笑みを浮かべた。

「ありがとうございます！　次郎吉も大喜びいたします！」

輝く瞳で見つめられ、気恥ずかしくなった弥一郎は秀介から顔をそむけた。

「おまえに礼を言われる筋合いはあるまい」

調理場から戻ってきた彦之助が心得顔でうなずく。

「佐々木さまがおっしゃる通り、弥一郎さまは本当に照れ屋でいらっしゃいますよねえ」

弥一郎は横目でじろりと彦之助を見た。

「六郎太がここへ参ったのか⁉」

「はい。先日、弥一郎さまの菜園で採れた青物を分けてもらおうと思ったら『養生所の台所へやった』と言われてしまったので、ぜひ味見をさせて欲しいとおっしゃいまして」

弥一郎は眉間にしわを寄せる。

「まったく図々しいやつだ」

「さりげなく弥一郎さまのご様子を聞きにいらしたのですよ」

笑いながらさらりと言われて、弥一郎は口をつぐんだ。

おそらく、喜楽屋に行こうか行くまいか迷っていた時に、様子がおかしいと思われていたのだろう。

「佐々木さまは、いいお方ですねぇ」

彦之助には答えずに、弥一郎は調理場へ行って空になった背負い籠をつかむと踵を返した。

「秀介、次郎吉のもとまで案内しろ」

振り向かずに台所を出ると、慌てたように追ってくる秀介の足音が背後から聞こえてきた。

背負い籠を納屋に戻し、荒子たちに指示を飛ばすと、弥一郎は秀介とともに御薬園を出た。

「お仕事中に申し訳ございません」

恐縮する秀介に向かって、弥一郎は歩きながら首を横に振った。

「構わぬ。子供のもとを訪れるのに、夜というわけにもゆかぬであろうからな。もう少し暖かくなり、繁忙の頃がくれば、おれもそうそう出歩けなくなるであろうが」

養生所前の坂道を下り、武家地を抜けて、小石川村へ入った。

川沿いに広がる畑の中の小道を進み、次郎吉親子の住む百姓家へ辿（たど）り着く。

家の前にしゃがみ込み、手にした棒切れで地面に絵を描いていた子供が顔を上げた。

「あっ、岡田さま！」

弥一郎と目が合うなり、絵を描いていた次郎吉は目を真ん丸くして立ち上がった。手にしていた棒切れを放り投げて、駆け寄ってくる。

「どうして？　何で、岡田さまがここにいるんですか!?　おれの変化朝顔の種を受け取ってくれたんですか!?」

弥一郎は感心する。「お侍さま」が「岡田さま」になっており、口にする言葉も丁寧になっている。心なしか、背も伸びたか――。

弥一郎は次郎吉の頭に手を置いた。

「少しは成長したようだな」

次郎吉は「はいっ」と嬉しそうに笑う。

「おれ、ちゃんと変化朝顔の花を咲かせましたよ！」

弥一郎はうなずいた。

「だから約束を果たしにきたのだ」

次郎吉はきょとんと首をかしげた。

「約束？」

「剣術の指南をして欲しかったのであろう？」

次郎吉は不思議そうな表情で宙を仰いでから、「ああ！」と納得顔になった。

「あれは、もういいんです。剣術は、どうでもよくなりました」

弥一郎は眉間にしわを寄せる。

「何だと？　では、おれは何のために参ったのだ」

次郎吉は、ぎゅっと唇を引き結んだ。何かを我慢しているような顔つきだ。

「言いたいことがあるなら、言ってみろ」

次郎吉は両手の拳を握り固めて、小さく「うぅっ」と唸った。

弥一郎は次郎吉の口元を軽くつねる。

「言え」

次郎吉はすねたように唇を尖らせた。

「だって——岡田さまにご迷惑をおかけしちゃいけないって、おっとうとおっかあが——」

どうやら剣術指南に代わる望みがあるらしい。

「迷惑か迷惑でないかは、おれが決めることだ」

次郎吉はためらうように目を泳がせた。

養生所の台所で会った時には、湧き出た衝動を抑えることも知らずに暴れ回っていた感があったが、我慢するということを覚えたようだ。

弥一郎に対する要望を口にしたいができない——もじもじと両手を握ったり開いたりする様からも、次郎吉の心の葛藤が見て取れた。

いじらしさを感じて、弥一郎は微笑んだ。

「ほら、言ってみろ」

何度か促したのちに、やっと次郎吉が口を開いた。

「おれ——今年もまた変化朝顔を咲かせたいと思いました。それから、もっといろんな植物を育ててみたくなったんです」

弥一郎は黙って耳を傾けた。

「岡田さまは御薬園同心だから、植物のことを何でもご存じなんでしょう？　昔はすごい採薬師で、いろんな植物のことを調べるために、いろんなところへ行ったって、養生所の先生が言ってました。岡田さまは船に乗って、長崎へも行ったって」

昔――。

次郎吉の口から出た言葉には何の邪気もなく、すとんと弥一郎の腹に落ちてきた。

そう、弥一郎が採薬師として諸国を巡っていたのは昔のことだ。それを受け入れるまでに、長い時がかかった。

弥一郎は右手の人差し指で優しく、次郎吉の頬をぺちぺちと叩いた。

「おまえは長崎がどこにあるのか知っておるのか」

「知りません」

次郎吉は即答する。

「でも、うんと遠い場所だって聞きました。うちから何日も何日もかかる場所だって、本当ですか？」

弥一郎はうなずいた。

「間違いなく、何日も何日もかかるな」

「長崎には異国の植物もあるって、本当ですか？」

「本当だ。竜眼(りゅうがん)という、南国でしか育たぬ木も植えられている」

次郎吉の目が、きらきらと好奇心に輝く。先ほどまでの遠慮深さは鳴りをひそめ、一歩前に出て、食い入るように弥一郎の顔を見上げてきた。

弥一郎は続ける。

「大きさは多少違うが、枇杷(びわ)のような茶褐色の実をつけるのだ。その丸い実が竜の眼に似ているので『竜眼』と名づけられたといわれている。日干しにした果肉は、滋養強壮に効くのだ」

次郎吉は興奮したように、はあっと大きく息をついた。

「竜の眼の実なんて、おれ、見たことないです。岡田さまは見たんですか？」

「うむ。乾燥させた実を食べたが、特有のにおいがあるものの、なかなか甘く――」

「すげえ！」

弥一郎の言葉をさえぎって、次郎吉は叫んだ。

「岡田さま、竜の眼を食べたんですか⁉」

「いや、竜の眼ではなく、竜の眼に似た果実をだな――」

次郎吉は「すげえ、すげえ」と言いながら、弥一郎の周りをぐるぐると回った。

「やっぱり、岡田さまはすげえ！　竜の眼の実を食べた人なんて、江戸中探したって、めったにいねえはずだ！　おれの知り合いでなんか、一人もいねえよ！」

まあ、それは事実やもしれぬが――と思いながら、弥一郎は咳払いをした。あまりにも「すげえ、すげえ」と言われると、照れくさくて困る。

「それで、おまえはおれに植物の栽培指南をして欲しくなったのだな？」

次郎吉がぴたりと動きを止めた。

「でも――そんなことは言っちゃいけないって、おっとうとおっかあが――」

次郎吉は両手を握り合わせて、もぞもぞと指を動かした。

「青物のことなら、おっとうとおっかあが教えるから、そろそろ畑を手伝ってみるかって言われて――それもいいんだけど、でも、おれは花も育ててみたいし――」

弥一郎は、次郎吉が描いていた絵に目を移した。

縮れた花びらと、切れ込みの入った葉――。

「あれは、おまえが咲かせた変化朝顔か？」

絵を指差すと、次郎吉は大きくうなずいた。

「あんな変わった朝顔、初めて見ました。綺麗で面白いなんて、すごいです。他の苗に咲いた花も、全部違ってて、みんな珍しい形だったんですよ。どんな花が咲くかわからないなら、毎年育てて、確かめないと――」

弥一郎は絵に目を凝らした。

地面に描かれたので多少見づらい部分はあるが――もし紙と筆を与えてきちんと描かせてみたら――ひょっとして、あっという間に六郎太の技量を超えてしまうやもしれぬと思えてくる。

弥一郎は口角を引き上げた。

子供が何に興味を示すのか――その興味の中にどんな才能がひそんでいるのか――そして、人がどう変わっていくのかは、変化朝顔同様にわからぬものだと、つくづく思った。

弥一郎は次郎吉に向き直る。

「おまえの気持ちはわかった。おれが植物の栽培指南をしてやろう」

次郎吉は一瞬何を言われているのかわからないというように、ぽかんと口を開けた。

「えっ――だって、岡田さまはお役目で忙しいし、お武家さままで身分が違うから駄目だって、おっとうとおっかあが――」

「おれが、よいと言っているのだ。次郎吉が御薬園まで参った時には、すぐにおれを呼ぶよう、門番に話を通しておく」

次郎吉はあんぐりと口を開けたまま、身を震わせる。

「ほん――本当に？」

弥一郎がうなずくと、次郎吉は「やった！」と叫んで躍り上がった。

近くで黙っていた秀介が歩み寄ってくる。

「岡田さま、本当によろしいのですか？」

「構わぬ」

弥一郎は変化朝顔の絵に再び目をやった。

「こたびは、おれも次郎吉に教えられたからな」

ぴょんぴょんと飛び跳ね、歓喜の雄叫びを上げていた次郎吉が、弥一郎の前に立つ。

「岡田さま、本当にありがとうございます！」

弥一郎は目を細めた。

「お役目があるゆえ、おまえの求めにすぐ応じてやれぬ場合があるやもしれぬが、そこは許せよ」

次郎吉は「はいっ」と勢いよく返事をした。

「大丈夫です！　植物は人の思い通りにはならないって、おっとうもよく言ってますから。望んだ通りに事が運ばないからって、いちいち怒ったり、泣いたりしていちゃ、植物の栽培なんてできませんよねっ」

次郎吉は拳を握り固めて、うんうんと何度もうなずいた。

「植物の栽培は甘くないんです。根気がいるし、ものすごくたくさんの時もかかります。しょっちゅう様子を見てやって、手をかけてやらなきゃ、植物は立派に育ちません。おれが去年、変化朝顔を咲かせられたからといって、次も大丈夫とは限りませんしねっ」

弥一郎は苦笑した。

明らかに、大人の受け売りだ。

言葉の意味をちゃんとわかっているのかと問いたくなるような台詞もあるが——

しかし、次郎吉には変化朝顔を立派に育て上げたという実績もある。両親の助けを借りたこともあっただろうが、播種から採種までやり遂げたのだ。次郎吉の言葉には、単なる受け売りとして片づけられない説得力があった。

幼くとも、実感していることは多々あるのだろう。物心ついた頃から両親の畑仕事を間近で見ていることも、きっと大きい。

「おまえ、字は書けるか？」

弥一郎の問いに、次郎吉は首をかしげた。

「自分の名前なら、おっとうに教わりました。そのうち村の手習い所へ通わせるって言われましたけど……」

「では、しっかりと字を覚えておけ」

次郎吉は不満げに唇をすぼめた。

「おれは朝から晩まで植物の栽培をしていたいんです。読み書きなんかできなくても――」

「植物日記をつけるのに必要であろう」

次郎吉は目を瞬かせた。

「植物日記？」

弥一郎はうなずく。

「植物の絵とともに、気づいたことなどを記しておくのだ。例えば、葉の色艶はどうだった、茎の太さはどうだった、つぼみの数はいくつであった――というようなことをな。おれを訪ねてくる時には、その日記を持ってこい。日記を見ながらおまえの説明を聞けば、おれがすぐにここへ来られぬ時でも、植物の様子がわかりやすいであろう」

次郎吉は目を大きく見開いた。

「やります！　おれ、字を覚えて、植物日記をつけます！」

だが次の瞬間、次郎吉は「あっ」と叫んで肩を落とす。

「だけど、うちには帳面がないかもしれません」

次郎吉の父親が栽培日記をつけていたとしても、子供に回す余分はないかもしれないと、弥一郎はおもんぱかった。

「では帳面と筆は、おれが用意する。あとで届けてやるゆえ、しばし待っておれ」

次郎吉は恐れおののいたように、あとずさった。

「そんなことしてもらったら、おっとうとおっかあに叱られます」

「おれが話を通す」

「でも――」

「変化朝顔の種をもらった礼だ」

弥一郎はにやりと笑って次郎吉を見下ろした。

「もし、おっとうとおっかあに『過分な礼だ』と言われたら、今年咲かせる変化朝顔の種も分ける約束をしたのだと言え」

次郎吉は、こくこくと何度もうなずいた。

「今年も立派に咲かせられるよう、しっかり励めよ」

「はいっ！」

張り切って叫ぶ次郎吉の大声が周囲に響き渡った。

御薬園に戻り、その日の仕事を終えると、弥一郎は御役宅内の長屋で食事の支度を始めた。

自分の菜園で採れた春菊を胡麻（ごま）あえにし、菜の花を澄まし汁の具にして、鯵（あじ）の干物を焼く。

七輪で干物をあぶっていると、ひょっこり六郎太が現れた。

「おお、いいにおいだ。夕食をともにしようと思って、ちゃんと自分の飯を持ってきたんだ」

六郎太は右手に持っていた飯茶碗（めしぢゃわん）を掲げる。白飯が入っていた。左手には、箸（はし）と汁椀（しるわん）がある。

「冷や飯だから、茶漬けにする。あとで茶をくれよ」

板間に上がり込んで悪びれずに笑う六郎太に、弥一郎はわざとらしくため息をついた。

「本当に図々しいやつだな」

弥一郎も朝に炊いて櫃に移しておいた冷や飯を茶漬けにしようと思っていたので、たいした労はないのだが、一応文句を言っておく。

「干物は一枚しかないぞ」

焼き上がった鯵の干物の身をほぐして、骨を取り、身の半分を六郎太の飯茶碗に入れてやった。

六郎太は破顔して、白飯の上に載ったほぐし身に顔を寄せる。

「一匹の魚を分け合って食べる、美しき友情よ」

弥一郎は、ふんと鼻を鳴らした。

「次はおまえが魚を用意しろ」

「合点だ」

町人のような口調でおどけて言って、六郎太は笑みを深めた。

鯵の干物の茶漬け、春菊の胡麻あえ、菜の花の澄まし汁を、二人で向き合って食べる。

まず菜の花の澄まし汁を口に含めば、淡い醤油の汁の味がふわりと体内に広がった。菜の花の風味をしっかりと感じる。汁を薄味に仕上げて正解だったと、弥一郎は小さくうなずいた。葉はやわらかく、茎には少々歯ごたえを残してあるのも、非常によかった。

春菊の胡麻あえは、春菊と胡麻の風味が絡みあってひとつになり、まろやかに調和している。

鰺の干物の茶漬けは、本来であれば鰺と茶漬けを別々に食べるつもりであったが――干物から出た塩気のある旨(うま)みがよい出汁(だし)となり、茶の力によってさらさらとほぐれた白飯を包み込んで、絶妙な味わいをかもし出していた。鰺の身も厚く、嚙(か)みしめると、ふっくらとした歯ごたえがたまらない。

六郎太が感嘆の声を上げた。

「相変わらず、よい味加減だ。弥一郎さんは料理が上手(うま)いな」

「料理などという大層な物ではない。世辞を述べても、これ以上は何も出ぬぞ」

「わかっていますよ」

あっという間に食事を平らげて、六郎太は懐から帳面を取り出した。

「植物日記を持ってきたのか」

うなずく六郎太に、弥一郎は苦笑した。

「まったく休まる暇がない」

六郎太は拝むように両手を合わせた。

「申し訳ない。だが、弥一郎さんのおかげで向上心が止まらなくてな」

頭を下げながら差し出された帳面を受け取って、弥一郎はぱらりと中を開いた。

「梅か」

今が盛りの花と、すでに花びらが散ったあとの赤い萼(がく)が描かれている。細かく正確に写生されており、なかなか見事な出来栄えだ。

「腕を上げたな」

思わず褒めると、六郎太はでれんと相好を崩した。

「やっぱり弥一郎さんもそう思うか？」

弥一郎は素直にうなずいた。

「だが、うかうかしておると、あっという間に後進に追い抜かされるぞ」

次郎吉が地面に描いた変化朝顔がまぶたの裏に浮かぶ。

後ろ頭をかく六郎太に向かって、弥一郎は帳面を掲げた。

「つぼみの頃から実が生(な)るまでをすべて並べて描いた物を、いずれ植物図譜に収録すればよいのではないか」

六郎太の表情が、ぱっと明るくなる。

「弥一郎さんもそう思うか！　やっぱりおれは大成して、将来、植物図譜のひとつやふたつを後世のために残さねばならんなぁ」

六郎太は嬉々として語り始める。

「つぼみが次第にほころんでいく様子のみならず、芽が出てからの生長を、来年はもっと細かく描くべきだと思っていたんだ。言うなれば、花の一生だな。梅だけでなく、他の植物も——それから——」

食べ終えた器を流しに下げ、弥一郎は静かに酒の支度を始めた。

六郎太は延々と語り続けている。

たまにはよいが、毎晩のように語り続けられるのは、ちとわずらわしい。

やはり一人で静かに過ごせる憩いの店を早く探さねばと、弥一郎は思った。

「——なあ、弥一郎さんもそう思うだろう？」

「そうだな」

ぬるめに燗をつけた酒を飲みながら、六郎太の話に時折適当な相槌を打った。

春の夜は穏やかに過ぎていく。

第二話　約束

薬草畑の見回りを終えて梅林の脇を通り過ぎる時、不意に小さく枝先が揺れた。

弥一郎は足を止め、梅の木に顔を向ける。

小鳥が二羽、枝に止まって梅の花の蜜（みつ）を吸っていた。

目白だ。緑色の体なので鶯（うぐいす）と間違う者もいるが、目の周りがくっきりと白いので、間違いはない。

目白がよく人前に姿を現して梅や椿などの花の蜜を吸うのに対し、鶯は警戒心が強く、藪（やぶ）の中に隠れていることが多い。ホーホケキョという鳴き声を聞いて庭先へ出てみたら、木の枝に止まっているのは目白だったという話はよく聞く。

弥一郎のすぐ近くで、二羽の目白がチィーチィーと鳴き始めた。

こっちの花は甘いよ、こっちの花も甘いよと、互いに声をかけ合っているようだ。

仲よく寄り添い合って花の蜜を吸う姿が何とも微笑ましい。

「目白押し」という言葉があるように、目白は木に止まる時、互いに体を押し合っているように見えるほどぴたりとくっついて並ぶことがある。

繁殖期には番(つがい)で縄張りを持つというが、この二羽も夫婦だろうか。

目白の産卵にはまだ早いが、幼い雛(ひな)たちのあどけない姿を思い浮かべると、弥一郎の目尻(めじり)が下がった。

二羽の目白は機嫌よさそうにチィーチィーと鳴き続けている。

今日も天気がよかったが、明日もきっと晴れるだろう——。

「岡田さま！」

突然後方で上がった大声に、二羽の目白が驚いたように飛び立った。

弥一郎は残念に思いながらも、仕方あるまいと気を取り直して振り返る。

御薬園の門番が歩み寄ってきていた。

「岡田さまに、お客さまがお見えでございます」

目の前まで来た門番に向かって、弥一郎は首をかしげた。

「来客の約束はないはずだが——小石川村の次郎吉か？」

もしや、昨日の今日でさっそく訪ねてきたのだろうか。

帳面と筆が待ち切れなくなったのか。それとも両親に「やはり辞退すべきだ」と諭されたのか――。

「いえ、泉屋の時枝さまとおっしゃる女人でございます。門前でお待ちです」

「時枝だと？」

弥一郎は首をひねった。

「何用で参ったのだ」

「お届け物があるとおっしゃっていました」

あれだけ「いらぬ」と釘を刺しておいた返礼の品を持ってきたのだろうか――過度な気遣いは、本当に恐縮至極なのだが――。

「弥一郎さん、早く行ってやれよ」

六郎太が脇道から現れる。門番とのやり取りが聞こえていたようだ。

「せっかく小石川まで出向いてきたのに、あまり長く待たせてはかわいそうだ」

泉屋から御薬園までは、弥一郎の足でも四半時（約三〇分）以上――か弱い女の足では、半時を超えるかもしれない。

門がある方角へ向かって手で「ほら」と促してきた六郎太の前に、弥一郎は同じように自分の手を出した。

「おまえが行ってくれ」

六郎太は「ええっ」と顔をしかめる。

「時枝さんは、弥一郎さんを訪ねてきたんだぞ」

「おれは御役宅へ戻って、薬草の調合をせねばならぬ」

「それはおれがやっておくから、弥一郎さんは早く時枝さんのもとへ向かえ」

出した手をつかまれ、ぐいっと門の方角へ体を向けられた。

「岡田さま、お願いいたします」

門番にも急かされて、弥一郎は後ろ頭をかきながら歩き出した。


「お借りしていた物をお返しに上がりました」

時枝に差し出された傘を見て、弥一郎は目を瞬かせた。

傘のことなど、すっかり忘れていた。

「返さなくてよいと申したのに」

時枝は小さく頭を振る。

「祖父を助けていただき、傘までいただいては、あまりにも申し訳が立ちません」

「律儀なことだ。受け取れぬというのであれば、お多福へ預けてもよかったであろうに」

「いえ。岡田さまには、何のお礼もできておりません。これくらいのことはさせていただかないと――」

お多福にだけ菓子折りを持っていったことを気にしているらしい。

「本来であれば、昨日すぐにお返しに上がらなければならないところ、遅くなりまして申し訳ございません」

「いや――本日でも、じゅうぶん『すぐ』だ」

時枝に傘を渡したのは一昨日である。

弥一郎は、まじまじと時枝の顔を見た。

こちらに向かって傘を差し出している時枝の表情は、何とも生真面目そうだ。やると言った傘を幾日も空けずに返しにくるところにも、実直な人柄が表れている。

弥一郎が傘を受け取ると、時枝は丁寧に一礼した。

「では、わたくしはこれで――」

弥一郎の背後から「おーい」と呼びかける声が聞こえた。

振り向くと、六郎太が手を大きく振りながら近づいてくる。

「時枝さん、茶でも飲んでいったらどうだ？」

六郎太は門の脇にある詰所を指し示した。

時枝は即座に首を横に振る。

「ありがとうございます。ですが、遅くなると祖父が心配いたしますので」

六郎太が空を仰いだ。

「弥一郎さん、送っていってやれよ。今はまだ明るいが、家に帰り着く頃には日が暮れて、暗くなっているかもしれない」

「いえ、大丈夫でございます」

時枝が慌てて口を挟む。

「このあと寄るところもございませんし、まっすぐに帰れば、きっと日暮れまでには——」

「時枝さん、小石川のほうへはよく来るのかい？」

ひょいと話を変えるような軽い口調で六郎太が問うた。

「それとも、今日が初めてかな？」

時枝は戸惑ったように首をかしげる。

「初めてでございますが——」

六郎太は大げさに嘆いているような表情で「おお」と額に手を当てた。

「では、もし道に迷えば暗くなってしまうな。日が落ちてからの道は、行きと帰りで違って見えることもある。やっと不忍池の辺りまで辿(たど)り着いたとしても、柄の悪い男たちに絡まれたらどうする」

「人通りも多い場所なので、大丈夫でございます」

と言いながら、時枝はわずかに目を伏せた。

祖父の官九郎が具合を悪くした時、人通りの多い場所であるにもかかわらず、弥一郎が歩み寄るまで誰も助けてくれなかったことを思い出したのだろうか。

また、弥一郎も、暗がりの中ちらちらと獲物を狙うような目つきで時枝を見ていた男たちがいたことを思い出していた。

「なあ弥一郎さん、送っていってやれよ」

弥一郎はうなずいた。

「いえ、本当に大丈夫でございます」

遠慮する時枝の前を通り過ぎて、弥一郎は門を出た。

「行くぞ」

数歩歩いて振り向けば、時枝が申し訳なさそうにうつむいている。

その隣では、六郎太がしきりに「早く行け」と時枝を促していた。

坂道を下りながら時折ちらりと振り返れば、時枝はしゃんと背筋を伸ばしながら力強い足取りでついてきていた。

弥一郎が振り返るたびに、時枝は恐縮しきりの表情で頭を下げる。

「本当に申し訳ございません。もっと早くにお訪ねしていれば、こうしてお手数をおかけすることもございませんでしたのに――」

「構わぬ。お役目に差し障りのない頃合いはいつかと考えあぐねておったのであろう」

図星だったのか、時枝からの返事はない。

それにしても――と、弥一郎は思案する。

時枝は弥一郎から、ちょうど三歩ほど間を空けてついてきている。武士の間近を歩くのは不遜と思ったのか、ただの偶然か、それとも――。

いざという時、弥一郎が抜刀した際に邪魔にならぬよう配慮しているのではないかと思った。

町女の身なりをしているが、言葉遣いや仕草からして、時枝は武家に関わりがあるのではないかと弥一郎は見ている。もし見当が合っていれば、刀の間合いに入らぬよう歩く作法が身についていてもおかしくはない。

しかし、初めて会った時には武家に仕える女中だろうかとも思ったが、それはどうやら違うらしい。武家の奥方にでも仕えている身であれば、こうして弥一郎を訪ねてくることも、そうそうは叶うまい。

では、いったい時枝は――。

中山道に入り、道はしばしし、なだらかになった。

時枝の歩調は乱れていない。弥一郎は休まずに、そのまま歩き続けた。

駒込追分を過ぎて本郷を抜け、不忍池へ向かう坂道を下ってゆく。

樹木が生い茂る、少々薄暗い場所だ。やはり送ってきてよかったと、弥一郎は思った。

これまで弥一郎が一人で歩いた時には、さして気にならなかった道だが、女が一人で歩くには心細かったかもしれない。もし、あのまま時枝を一人で帰して万が一の事態があったなら、悔やんでも悔やみきれなかっただろう。

振り向けば、時枝は泣き笑いのような表情を浮かべていた。

日が落ちてから、この薄暗い坂道を一人で歩かなければならなかったとしたら――と、時枝も同じことを考えているのかもしれない。

見知らぬ場所へ出向いた緊張もあっただろう。

相変わらず足取りはしっかりしているが、弥一郎が想像していた以上に時枝は疲労しているようだ。

寺が建ち並ぶ通りへ入ると、茶屋の賑(にぎ)わいが目に入った。

「休んでいくか」と声をかけようとして、弥一郎は口をつぐんだ。もうここまで来たら、まっすぐ泉屋まで送っていったほうがよいのではないかと思い直したのだ。

時枝を連れての道ゆきは、弥一郎が考えていたよりも時がかかってしまったので、のんびり茶など飲んでいる間に辺りが暗くなるだろう。そうなれば、きっと官九郎も心配する。

もっと早いうちに途中で茶店に寄って、休ませてやればよかったか——。

「姉上ではございませぬか」

寺の脇道から、華やいだ女の声が上がった。

道の端に立ち止まり、そちらを見ると、若い武家の女が驚いたような顔で時枝をじっと見つめていた。ちらりと見えた鉄漿(おはぐろ)からも、すでに嫁いでいるとわかる。身なりからして、さほど身分は高くはないだろう。後ろに控える下女も粗末な着物をまとっていた。

「姉上」

弥一郎を一瞥（いちべつ）してから、女は時枝に歩み寄ってきた。

「なぜ、このようなところにいらっしゃいますの？」

と言いながら、女は時枝の全身に素早く目を走らせた。

櫛（くし）や簪（かんざし）、着物、草履――すべてを品定めしているかのようだ。

時枝は黙って屈辱に耐えるようにうつむいている。

弥一郎は眉（まゆ）をひそめた。

女物の値段はよくわからぬが、おそらく身に着けている品はすべて時枝のほうが上物であろう。声をかけてきた女のほうが身分は上であっても、身にまとう品に関しては、決して時枝が卑屈になる必要はないはずだ。

それとも、男と一緒に歩いているところを見られたので醜聞になると、気まずく思っているのだろうか。

しかし、女は時枝を「姉上」と呼んだ。

もし本当に身内であれば、醜聞を広められる恐れなどないのではあるまいか。

弥一郎はさりげなく時枝と女を見比べた。

時枝は鉄漿をつけていないが、実は裕福な商家にでも嫁いでいるのだろうか。貧乏な御家人が援助を目当てに娘を町家へ嫁がせることも多々あるやもしれぬ。

時枝が身を寄せている泉屋は祖父宅のはずだが、婚家が許した里帰りなのだろうか。

あるいは、妹のほうが町家から武家に嫁いだのか——とも思う。家格の釣り合う武家の養女になれば、身分違いの男にも嫁ぐことができるのだ。

見初められ、姉より先に嫁いだことで悦に入り、思い上がってしまった恐れはないだろうか。はたまた夫となった男が町人を蔑む人物で、事あるごとに実家を卑下されているうちに、いつの間にか自分も同じように実家を見下すようになってしまったのではなかろうか——。

「姉上、なぜ、このようなところにいらっしゃいますの？」

咎めるような口調で、一語ずつ区切るように、女はくり返した。

時枝はおどおどと顔を上げる。まるで大きな猫に襲われて袋小路へ追い込まれた小鼠のようだ。

「あの、わたくし——」

言い訳をする子供のように、時枝は小声で告げた。

「こちらの岡田さまにお借りした傘をお返しに——」

女の目が再び素早く動いて、さっと弥一郎の全身を見回した。

　弥一郎の足元に、女の目が一瞬留まる。ほんのわずかに口角が上がったのを、弥一郎は見逃さなかった。どうやら仕事着にしている裁着袴を見て笑ったようだ。野良着をまとった田舎侍だと侮られているのだろうか。

「岡田さまは小石川御薬園同心でいらっしゃいますので、わたくし、小石川の御薬園まで行って参りましたの」

　女は瞬時に、ぱっと愛想のよい笑みを浮かべる。

「まあ、さようでございましたか」

　媚を売るような甲高い声を上げて、女は弥一郎に向き直った。

「それでは岡田さまは、お城にお納めするお薬や、大奥で使われているという糸瓜水などにも関わっていらっしゃるのですね」

　弥一郎は鷹揚にうなずいて、ちらりと時枝を見た。

「妹がおったのか」

　時枝は失態を叱られた子供のように、眉を下げた。

「申し遅れました。これは、わたくしの妹の芙美でございます」

　芙美が笑みを深めて、優雅に一礼した。

「姉が大変お世話になりましたようで、ありがとうございます。わたくしからも感謝申し上げますわ」

弥一郎は改めて芙美を見下ろした。

凛と背筋を伸ばして微笑む芙美は優しげな武家の若妻に見える。今のこの姿だけを見れば、老若男女を問わずに好ましく思う者が多いだろう。

だが、先ほど時枝に向けていた目つきや口調には傲慢さが見て取れた。弥一郎の裁着袴を小馬鹿にしたような表情もよく覚えている。

弥一郎が御薬園同心と知ったとたんに、ころりと態度を変えてきたので、芙美の嫁ぎ先の家格は弥一郎よりも下なのか――。

弥一郎は平静な表情を保ったまま、胸の内でふんとせせら笑った。

ずいぶんと裏表がありそうな女だ。

黙っていればおとなしそうにも見えるが、時枝への態度からしても、相当気が強そうだ。

初めて会った時の時枝も、しつこく食い下がって弥一郎の名を訊ねてきた時には案外気が強いのかと思ったが、それとはまったく異なる気性だ。

弥一郎が不躾にまじまじと顔を見ても、芙美は堂々と胸を張って、その視線を受け止めている。根拠はわからぬが、注目されることに慣れているような、自信に満ちた表情だ。

時枝に目を戻せば、身内に不幸でもあったのかと問いたくなるような暗い顔つきをしている。地面を見つめる目が揺れており、芙美とは正反対に、いかにも自信なげな表情だ。

「わたくしたちは、そんなに似ておりませぬか？」

芙美が小首をかしげて弥一郎の顔を覗き込んできた。

「残念ながら、ちっとも似ていない姉妹だとよく言われますのよ。ねえ、姉上」

明らかにちっとも残念がっていない声を上げる芙美に、時枝はぎこちなくうなずいた。

弥一郎は無言で口角を引き上げるにとどめた。

姉妹というより、まるで奉公人と女主のように見えるのはなぜだろう。

時枝の様子は、可愛い妹を微笑ましく見守る姉の姿ではない。理不尽な言いつけをしてくる女主に、びくびくしている下女のようだ。少しでも命令に背けば、ひどく鞭打たれるとでも思っているかのような。

妹に対してこんなに下手に出ねばならぬほど、時枝の気が弱いとも思えぬが――。

「そういえば、先日、泉屋さんが寝込まれたと伺いましたけれど、具合はいかがですの？」

芙美が大きく眉尻を下げて心配そうな声を上げた。

「姉上が看病してさしあげなくてよろしいのですか？　まさか、常日頃から可愛がってくださっている方のお世話を放り出して、一人で遊び回っているわけではございませんわよね？　供の姿がございませんけれど、こっそり家を抜け出してこられたのですか？」

時枝が、むっと眉を吊り上げる。

「わたくし、そのような真似はしておりません」

時枝の強い口調を、芙美はあっさりと嘲笑で受け流した。

「それならよいのですが――わたくしが嫁いだあと、姉上がふてくされて泉屋さんへ押しかけたと聞いたものですから――泉屋さんの優しさに甘えて、わがまま放題なのではないかと案じておりましたのよ」

時枝の顔から血の気が引いた。ふらりと倒れてしまうのではないかと思った。

しかし時枝は歯を食い縛って、しっかりと両足で立っていた。

「お祖父さまは確かに回復しております。お医者さまにも診ていただきましたが、ただの風邪というお見立てでした。老齢ゆえ、まだ大事を取って外出は控えさせておりますが、本日も小石川まで一緒に行きたいと、しきりに申しておりました」

芙美が眉をひそめて、ちらりと弥一郎を見上げる。

「先日お祖父さまが具合を悪くした時、偶然通りかかって助けてくださったのが岡田さまだったのです」

芙美はすぐ納得顔になった。

「そのようなことがなければ、岡田さまが姉上を相手になさるはずはございませんものねえ」

おっとりした口調だったが、ひどい言いようだ。

弥一郎は思わず口を開いた。

「そろそろ行かねばならぬ。泉屋が首を長くして待っておるであろうからな」

芙美が弥一郎に向かって小首をかしげる。

「泉屋と一献傾ける約束をしておるのだ」

芙美は何か言いたげな表情で、弥一郎と時枝を交互に見やった。

とっさの嘘が見破られたのやもしれぬと、弥一郎は内心あせる。

だがおくびにも出さず、芙美が口を開く前に、弥一郎は時枝に向き直った。

「先を急ぐぞ」

「はい」

時枝は小さく、ほっと息をついた。明らかに、強張っていた肩から力が抜けている。

芙美のほうを見ないまま、弥一郎は歩き出した。耳を澄まして、時枝の足音が三歩ほど後ろをついてきていることを確かめながら、足早に通りを進んでいく。

不忍池のほとりまで来て振り返ると、うつむき加減の時枝が三歩ほど後ろを歩いていた。

やはり武家の作法が身についているのか――。

時枝たち姉妹の間には、何やら複雑な事情がありそうだ。

周囲に芙美の姿がないことを確かめてから、弥一郎は歩調をゆるめた。

歩きながら時枝の様子を確かめれば、今にも泣き出しそうな表情をしている。

疲労のためか、芙美のせいか――明らかに後者であろう。

何か声をかけてやったほうがよいのかと思ったが、何と言ったらよいのかわからない。

気の利いた言葉が見つからぬまま、けっきょく弥一郎はただ黙々と下谷町まで歩き続けた。

芙美に遭遇するまでの間も、さほど口を利かぬまま歩いていたが、沈黙は気にならなかった。むしろ妻でもない女と連れ立って歩き、ぺちゃくちゃしゃべるなど、武士として見苦しい。

しかし芙美と別れたあとの沈黙は非常に重く、弥一郎はこっそりと小さなため息をついた。

「岡田さま！　何とまあ、ご親切に、時枝を送ってきてくださったのですか！」

泉屋まで時枝を送っていくと、感極まって飛びつかんばかりの官九郎に出迎えられた。

「さ、さ、どうぞお上がりくださいませ。今、茶の用意をさせますので――いや、酒のほうがよろしいですな」

官九郎が上がり口に顔を向けると、そこに控えていた老婆が心得顔で頭を下げた。

「これは妻の、おろくでございます」

おろくはいったん顔を上げて微笑むと、弥一郎に向かって再び深々と頭を下げた。

「このたびは、夫と孫が大変お世話になりまして、誠にありがとうございました」

上品な声で礼を述べると、おろくは立ち上がった。

「今すぐに、お酒の支度をいたしますので」

「待て」

奥へ引っ込もうとするおろくを引き止めて、弥一郎は首を横に振った。

「すぐに帰るゆえ、何もいらぬ」

今度は官九郎が弥一郎に向かって首を横に振った。

「そんな冷たいことをおっしゃらずに、どうかお上がりになってください。もう店も閉めてございますので、中でごゆっくりなさっていただけます」

官九郎が両手を合わせて詰め寄ってくる。

「先日お助けいただいたお礼もさせてもらえず、時枝が傘をお借りしたお礼もさせてもらえず、こうして送っていただいたお礼もさせてもらえずでは、わたしどもの気持ちが収まりません」

官九郎は戸の前に回り込んで、弥一郎の退路をふさいだ。

「改まったお席をご用意しようという話ではございません。ささやかながら、我が家でご夕飯を召し上がっていってくださいというだけのことでございます」

おろくが上がり口に座り直して、懇願するように弥一郎を見上げる。

「岡田さま、どうか――」

「いや、遠慮する。まだ仕事が残っておるのだ」

おろくがしょんぼりとうつむいた。

何やら、か弱い老婆をいじめたような気分になってしまい、弥一郎はおろくから目をそらした。

「あの」と時枝が声を上げ、弥一郎の顔を覗き込んでくる。

「ですが岡田さま、先ほどは泉屋と一献傾ける約束をしているとおっしゃってくださいました」

官九郎が、ぱっと大きく目を見開く。

「何と、わたしと一献傾けてもよいというお気持ちになってくださったのですか！」

弥一郎は慌てて首を横に振った。

「いや違う。先ほどのあれは、おまえの妹の芙美どのと早く別れるためにだな」

官九郎の目が一瞬鋭く尖った。おろくの表情も険しくなっている。

祖父宅まで無事に戻ってきた安堵感からか、時枝だけが柔らかな微笑を浮かべていた。

「いやあ、嬉しい」

弥一郎の言葉などまるで聞こえていなかったような顔をして、官九郎が明るい声を上げた。

「では岡田さま、どうぞこちらへ」

官九郎が上がり口を指し示す。そこに控えているおろくも同時に奥へ手を向けていた。二人とも、もう弥一郎が上がっていくと決まっているような顔をしている。

「では、少しだけ邪魔をいたすとしよう。ただし、気を遣ったもてなしは無用だ」

弥一郎は小さく肩をすくめて草履を脱いだ。

奥の座敷へ通され、弥一郎が上座に腰を下ろすと、すぐに時枝が酒を運んできた。

酒の肴には、焼き色の美しい油揚げがつけられている。

「すり下ろした生姜と鰹節は、お好みでどうぞ」

時枝の後ろから、おろくも器を運んできた。

鯵のなめろうの海苔巻き、冷ややっこの煎り酒がけ、こんにゃくの煮しめ——。

「あり合わせの物でございますが、どうぞお召し上がりくださいませ」

低頭するおろくにうなずいて、弥一郎は官九郎から杯を受けた。

促されるまま箸を伸ばして、料理に手をつける。

鰹節を載せて油揚げを噛めば、かりっと小さな音が口の中で上がった。ほんのちょろりと垂らした醤油が油揚げの甘みと絡み合い、鰹節の風味を抱き込んで、口の中に重厚な味わいをかもし出している。下ろし生姜を足して、もうひと口嚙めば、今度は清涼な味わいが舌の上で躍った。

　鯵のなめろうも、海苔で巻いたことによって口に運びやすくなり、ぱくりと頬張れば、ほんのり甘い味噌の香りが口の中いっぱいに広がった。混ぜ込まれた葱と生姜が鯵の身に溶け込んで、鯵の甘さをさわやかに引き立てている。

　冷ややっこは、さっぱりとしながらも豆腐本来の甘みが感じられ、とろりと上にかけられていた煎り酒が心地よい甘酸っぱさをもたらしている。

　こんにゃくの煮しめは甘辛く、どんどん酒が進んでしまいそうだ。

　弥一郎の心の内を見透かしたように、官九郎が酒のお代わりを勧めてくる。

「いや、もうこれ以上は――」

「まだ料理も残っております。もう少し、いかがですか」

「――うむ」

　弥一郎は官九郎の酒を受けてから、鯵のなめろうの海苔巻きをもうひとつ口に運んだ。

「なめろうに海苔の風味が加わっても美味いな。しかもこの海苔、使う寸前に七輪であぶったであろう。わずかながらに、ぱりっとした香ばしさが残っておる」

官九郎は感心したように「ほう」と眉を上げた。

「よくおわかりですな。岡田さまは食に対して、ひとかたならぬこだわりがおありですか？」

弥一郎は首をかしげる。

「美味い物は好きだが、ただそれだけだ。食道楽というほどのものでもない。八百善や百川へ行ってみたいと強く願っているわけでもないしな」

八百善も百川も、江戸で有名な高級料亭である。八百善は浅草の山谷にあり、百川は日本橋の本町三丁目にあった。

弥一郎は油揚げをもうひとつかじる。

「これも、よい具合にあぶられておるな。美しい焼き色だ」

官九郎も油揚げをかじって目を細めた。

「岡田さまは素朴な料理の味わいを大事になさっておられるのですな」

「素朴な物ほど難しく、奥が深いのではないか」

官九郎は話の先を問うように弥一郎の顔を覗き込んできた。

弥一郎は皿の上に残っている油揚げを見つめる。

「油揚げはこんがり焼くと美味いが、焼き色がついてからぐずぐずしていると、すぐに焦げてしまう。だが、焦がさぬよう気をつけるあまり、火から下ろすのが早ければ、今度はこんがりと焼き上がらぬ」

官九郎は納得したように唸（うな）った。

「なかなか加減が難しいのでございますな」

弥一郎はうなずいた。

そこへ、おろくがもう一品運んできた。

「あさりの酒蒸しでございます」

目の前に置かれた器からは、ほかほかと湯気が上がっている。ぱっくり口を開いたあさりの身は、ふっくらとして美味そうだ。

あさりの上に散らされた青葱（あおねぎ）の色が鮮やかで美しい。みじん切りにされている白い物は、にんにくか生姜か——どちらにしても、あさりの身と一緒に嚙みしめれば、心地よい辛みが口の中に広がるだろう。

「どうぞお召し上がりください」

にっこり笑うおろくに向かって「もう構わずともよい」と言おうとしたが、器から上がり続けている湯気とあさりの身に目を奪われてしまった。

ごくりと弥一郎の喉（のど）が鳴る。

思わず箸をつけて、あさりの身を頬張った。

「むっ――」

美味い。

噛めば噛むほど、あさりの身から塩気のあるよい出汁（だし）が染み出てくる。ほんのわずかに醤油も使われているのか――みじん切りにされていたのは、にんにくも、生姜も、両方だ。葱の清涼さも含まれている。

弥一郎の口内に広がったその汁は、あさり自身が持つ濃厚な甘さと相まって、絶妙な味わいをかもし出していた。

どんどん箸が進む。

「さ、岡田さま、お酒もどうぞ」

「うむ」

官九郎に勧められるまま、つい杯に口をつけてしまう。

そして熱い物を熱いうちに味わいたいという心に突き動かされ、弥一郎はあさりを食べ続けた。

あっという間にあさりを平らげ、酒の入っていたちろりも空になった。

弥一郎は、おろくに向き直る。

「実に美味かった」

おろくは嬉しそうに笑いながら両手を合わせ、弥一郎に向かって低頭した。

「ありがとうございます。お気に召していただけて、本当によかったです」

「出された料理は、どれもみな美味かった」

素直に褒めると、おろくは照れたように両手で頰を覆った。

「もっとお酒を持ってまいりますね」

まるで少女のようにはにかみながら、おろくは台所へ戻っていく。

官九郎が苦笑した。

「あまりお褒めいただくと、おろくが舞い上がってしまいます」

弥一郎は首をかしげた。

「世辞ではないぞ。真に美味かった」

今度は官九郎が首をかしげて、目の前に並んだ皿を見回す。

「特別に手の込んだ料理はございませんでしたが――」

「おまえは幸せ者だな」

「はあ……」

弥一郎は皿の上に残っていた油揚げを指差した。

「先ほど、加減が難しいという話をしたであろう」

「はい」

「あさりの酒蒸しも一緒だ。塩や醤油を入れ過ぎれば、あさりの持つ旨みを活かしきれなくなってしまう。おろくが作った物は、どれも絶妙な塩梅であった」

「なるほど」と相槌を打つ官九郎の表情は、今ひとつわかっていないようだった。

「おまえは毎日茶を飲んでおるか？」

弥一郎の問いに、官九郎は目を瞬かせる。

「はい――ですが、それが何か――」

「茶の味に違いはあるか？」

「いえ――毎日同じ葉茶を使っておりますので――」

「それは、おろくの気遣いによる賜物やもしれぬぞ。油揚げの焼き加減と同じく、茶の味もまた、ちょうどよい塩梅というものがけっこう難しいのだ」

官九郎は皿の上の油揚げをじっと見つめた。

弥一郎の体の中は、ほどよく回った酒で温まっている。その心地よさに身を任せながら、弥一郎は続けた。

「濃過ぎず、薄過ぎずというのは、葉茶の量を毎回同じにすれば簡単かと思うやもしれぬが、気をつけねばならぬのは葉茶の量だけではないのだ。暑さ寒さや、体調、気分などによっても、飲みたい味は、その時々によって微妙に変わったりするからな。つまり、毎日同じように感じる茶の味は、おろくがおまえのためを思って淹れてくれた賜物やもしれぬのだ」

「確かに……」

いつの間にか官九郎は油揚げの皿を前に居住まいを正していた。

「作ってくれる者に対して、もっと感謝せねばなりませんな」

おろくが酒を運んできた。

官九郎がかしこまって「ありがとう」と言う。

おろくはきょとんとした顔でうなずくと、すぐに去っていった。

弥一郎は笑みを浮かべながら、官九郎に注がれた酒を飲んだ。

「岡田さまは料理にとてもお詳しいですが、岡田さまのお宅では、お女中が食事の支度をしているのですか？」

ふと思いついたように、官九郎が問うてきた。

「それとも、奥方さまが料理をお作りになっていらっしゃるのでございますか？

まさか、岡田さまご自身が台所にお入りになっているわけではございませんよねえ？」

「入っておるが、それがどうした」

官九郎は「えっ」と驚きの声を上げる。

「お詳しいとは思っておりましたが、まさか、お侍さまが包丁を握って青物を切ったりなさるとは夢にも思わず――」

弥一郎は苦笑した。

「妻帯もしておらぬ下級武士だからな。御薬園の御役宅内にある長屋暮らしで、勝手気ままに過ごしておる。台所仕事も慣れたものだ」

官九郎は解せぬと言いたげな表情だ。

「ですが、下男も置いていらっしゃらないのですか？　お武家さまは、お出かけの際に、供を連れねばならぬ場合もございますでしょう」

「そのような場合には、御役宅の奉公人を借りる」

官九郎は首をひねった。

「それでご不便はないのでございますか？」

「ない」

弥一郎はきっぱりと即答した。

「身の周りのことは、すべて自分でできる。食事の支度がおっくうな時は、美味い店へ食べにいけばよい」

官九郎は感服したように何度も唸った。

「何でもご自分でやっていらっしゃるから、岡田さまは手間暇をかけた物がおわかりになるのでございますなあ」

まだ妻帯しておらぬゆえ、何でも自分でやるようになったという経緯もあるが――と思いながら、弥一郎はもぞりと身じろぎをした。あまり感心されると、何やらこそばゆくなってくる。

「おまえの体調は、もう心配いらぬようだな」

話を変えようと声をかければ、にっこり嬉しそうに微笑まれた。

「おかげさまで、もうすっかり良くなりました。その節は、誠にお世話になりまして」

居住まいを正そうとする官九郎を制して、弥一郎は杯に酒を注いでやった。

官九郎は小さく一礼してから、酒に口をつける。

と、そこへ、今度は時枝が春菊と人参の胡麻あえを運んできた。

「このような物しかございませんが、どうぞ」

弥一郎は口元をほころばせた。

「春菊の胡麻あえは、おれもよく作る。昨日も、六郎太とともに食べたばかりだ」

時枝は目を丸くする。

「岡田さまが春菊の胡麻あえを――？」

官九郎が訳知り顔でうなずいた。

「岡田さまは、ご自分でお食事の支度をなさるそうだよ」

時枝は驚愕の眼差しで、じっと弥一郎を見た。弥一郎は口角を引き上げる。

「自分の菜園で作った青物を使っておるのだ」

時枝は「まあ」と感嘆の声を上げた。

「薬草だけでなく、青物までお作りになっていらっしゃるのですか」

「そちらは半分道楽だがな」

官九郎が「いやぁ」と声を上げた。

「御薬園同心さまにとっては畑仕事もお手の物なのでございましょうが、手ずからお作りになった青物でお食事の支度をなさるとは素晴らしいですな。岡田さまの実直なお人柄が、暮らし向きに表れているようではございませんか」

弥一郎は苦笑する。

「貧しい下級武士の暮らしなど、みなそのようなものであろう」

官九郎は慌て顔になる。

「わたしは、決してそのようなことを思って申し上げたわけでは――」

「わかっておる」

再び酒を注いでやると、官九郎は恐縮顔になって頭を下げた。ちらりと時枝を見て、物憂げな顔になり、杯を置いた。

くいっと酒を飲み干して、官九郎は大きく息をつく。

「先ほどおっしゃっていましたが――芙美さまにお会いになったそうですな」

時枝が大きく息を呑んだ。それを横目で見やりながら、弥一郎はうなずく。

「不忍池近くの通りで、声をかけられたのだ。偶然こちらを見つけたようでな」

官九郎は背筋を伸ばして、真正面から弥一郎の顔を見つめてきた。

「つかぬことをお伺いいたしますが、その時、時枝はどんな様子でございましたか？」

「お祖父さま！」

時枝が悲鳴のような声を上げた。

「突然何をおっしゃいますの⁉　せっかく岡田さまにお上がりいただいたのに――そんな話をするために、岡田さまをお誘いしたわけではございませんでしょう⁉」

時枝は顔を引きつらせながら、弥一郎に向かって低頭した。

「申し訳ございません。祖父がおかしなことを申しまして――」

「いや、構わぬ」

弥一郎は官九郎の顔をじっと見つめ返した。

「泉屋は、おまえのことが心配でたまらぬのであろう」

官九郎は切羽詰まった表情でうなずいた。

「おそらく、もうお察しのこととかと存じますが、時枝は少々わけありなのでございます。芙美さまは、時枝の腹違いの妹なのでございますが……その辺りのこと、時枝は何か話しましたでしょうか」

「いや、何も」

「お祖父さま！　いい加減になさって！」

時枝は必死の形相で叫ぶ。

「何の関わりもないお方に、いったい何を申し上げようというのですか⁉　岡田さまにご迷惑ですよ！」

官九郎は悲しそうに時枝を見た。

「おまえはいつも一人で我慢しているだろう。どこかで気持ちを吐き出さなければ壊れてしまうんじゃないかと、わたしもおろくも気が気でないんだ」

時枝は一瞬うっと短い唸り声を上げた。

「ですが、岡田さまを巻き込む必要はございません」

「おまえに聞いたって、本当のことは何も話さないだろう」

官九郎は幼子を諭すような声を出した。

「せっかく一緒に暮らせるようになったって、おまえの口から不平不満が出たことはまだ一度もないよ。わたしたちに心配をかけまいとして、おまえはいつも一人で抱え込んでしまう」

時枝は激しく頭（かぶり）を振った。

「不平不満など、わたくしは――」

官九郎は痛みをこらえるように顔をしかめた。

「下女のおそねさんや、お隣の奥方さま、新田（にった）家に出入りしている棒手振（ぼてふり）など、方々に手をつくして、わたしたちはおまえの様子をずっと聞き込んでいたんだよ」

時枝は口をつぐんでうつむいた。

官九郎が優しく時枝に笑いかける。

「八助を連れて、鰻を買っておいで」

時枝が顔を上げる。

「鰻――でございますか」

官九郎はうなずいた。

「みんなで蒲焼きを食べて、ちょっと元気をつけよう」

官九郎は明るい笑みを作って、弥一郎を見る。

「岡田さまも、ご一緒してくださいますよね？　すぐ近くに、とても美味い鰻屋があるのですよ」

ここで帰ると言えば、時枝と官九郎の間にどんよりと重苦しい気が流れるのだろうか。

「では馳走になるとするか」

そう答えるしかないような気持ちになった。

官九郎は、ほっと安堵したように笑みを深める。

「では、時枝――」

「かしこまりました」

時枝は一礼して、部屋を出ていった。

官九郎が弥一郎に向き直る。

「申し訳ございません」

「おれは構わぬが――」

官九郎は居住まいを正して、両手を膝に置いた。

「岡田さまは、わたしども町人に対しても、何の見返りも求めずに救いの手を差し伸べてくださいました。今日こうしてお話しして、改めて、懐の深いお方だと思いました。相手によって態度を変えるようなお方では断じてないと、お見受けいたします」

官九郎は思い詰めたような表情で、ぐっと身を乗り出してきた。

「ささやかなお礼にご夕飯をと言いながら、このような話をするのは大変恐縮なのでございますが――どうか聞いていただきとうございます」

弥一郎は目を細めた。

「時枝どのの身の上か」

官九郎はうなずいた。

「先ほど申し上げた通り、芙美さまは、時枝の腹違いの妹なのでございますが、時枝は妾腹というわけではございません」

弥一郎は眉をひそめる。

では芙美のほうが妾腹だったのだろうか。引け目を感じて育ったが、武家に嫁いで気が大きくなり、時枝をぞんざいに扱うようになったのか？

だが、それでは時枝と官九郎の関係に説明がつかないと、弥一郎はすぐに思い直した。

冷静な頭で酒を舐めながら、続きを話すよう目で促すと、官九郎は小さく低頭してから再び口を開いた。

「時枝の母親は、麻枝と申しまして、わたしどもの一人娘でございました。御徒の新田仁右衛門さまに見初められ、家格の釣り合うお方の養女にしていただいて、新田家に嫁ぎましたけれど――時枝を産んで間もなく、産後の肥立ちが悪かったために亡くなったのでございます」

御徒とは、城内の番所に詰めて警備に当たる下級武士である。将軍が外出する際の警護も行い、下谷などに組屋敷があった。

官九郎は酒を口に含むと、まるで苦汁を飲んだように顔をゆがめた。

弥一郎は官九郎の杯に酒を注ぎ足す。

「では、やはり時枝どのは武家で育ったのだな」

官九郎は目を見開いた。

「お気づきでいらっしゃいましたか。今の時枝は、町女の身なりでございますが――」

「歩き方でな」

弥一郎の言葉に、官九郎は力なくうなだれた。

「麻枝が亡くなったあと、時枝を引き取りたいと何度も思いましたが、かつては新田家の一人娘でございましたので、わたしどもの力ではどうにもできず、長年の間もどかしい思いを抱いておりました」

官九郎は心底から悔しそうな表情をしていた。

「芙美どのというのは、後妻の子か」

官九郎はうなずく。

「妻を亡くした新田さまは、乳飲み子を抱えての暮らしはさぞ大変であろうと、すぐに後妻を迎えるよう周りから勧められたそうでございます。そして麻枝が亡くなって半年ほど経った頃に、同じ御徒の御家から雅美（まさみ）さまを娶（めと）られました。しばらくはご懐妊の兆しがなかった雅美さまにも、やっとお子ができ、芙美さまと翔右衛門（しょうえもん）

さまがお生まれになったのでございます」

「では跡取りは、ちゃんとおるのだな」

「はい」

官九郎は、くいっと酒をあおった。

「ですが、雅美さまがすぐに身ごもることができなかったのは時枝のせいだと言われてしまいまして――」

「なぜだ」

当時まだ乳飲み子だった時枝に、子作りの邪魔などできるものか。それとも時枝の夜泣きがひどくて、夫婦の寝所に連れていかねばならなかったのだろうか。

「言いがかりだったのでございますよ」

官九郎はあきらめたような表情でため息をついて、大きく肩を落とした。

「雅美さまにしてみれば、嫁いだばかりの家に前妻の子がいるのは、さぞご不快だったことでしょう。自分と違い、前妻の麻枝は、新田さまがお見初めになって迎えた嫁でしたしねえ。ひょっとしたら、口さがない人たちから何か言われていたのかもしれません。ですが時枝に対する扱いは、あまりにもひどうございました」

官九郎は手酌して、喉を湿らせるようにちびりと酒を舐めた。

「時枝の世話は下女にまかせっきりで、あやしたり、抱いてやったりすることもなかったらしいのですが、まあ、それは仕方がございません。時枝にとっても、下女の手で育てられたほうが幸せでございました」

官九郎は自分を納得させるように大きくうなずく。

「わたしどもも、この下女に何とか伝手(つて)を作って心づけを渡しておりましたが、なかなか気立てのよい女人(にょにん)で、折に触れて時枝の様子をこっそり教えてくれたりしていました」

弥一郎はこんにゃくの煮しめを静かに嚙(か)みしめながら、官九郎の話に耳を傾けていた。

「先ほども申し上げましたが、芙美さまがお生まれになるまで、時枝は新田家の一人娘でございました。もし雅美さまにお子ができなければ、婿を取って御家を存続させるお役目がございましたので、それなりの暮らしはさせてもらえていました。わたしどもからの贈り物も、ちゃんと時枝の手元に届いておりましたし」

官九郎はちびちびと酒を舐めながら続ける。

「ですが芙美さまがお生まれになってからは、わたしどもが時枝のために買って届けてやった着物や玩具(おもちゃ)も、すべて芙美さまの物にされてしまいまして――食事も、台所の板間で下女とともに取るようになったそうでございます」

官九郎は杯をぎゅっと握り込んだ。

「芙美さまの次に、弟の翔右衛門さまがお生まれになってからは、さらに扱いがひどくなりまして。分別のつき始めた時枝が少しでも口答えなどしようものなら、手の甲が腫れ上がるほど孫の手で強く叩かれたり、真っ暗な夜の庭に一人ぽつんと立たされたりしていたそうでございます」

怒りを飲み下すように、官九郎は再び酒をあおった。

「幸い、お隣の奥方さまが時枝を気にかけて、たまに様子を見にいってくださったりしたおかげで、体を痛めつけられるような折檻は止みましたが、家の中で疎外されることだけは避けられませんでした。下女が親切にしてくれたといっても、やはり家族とは違いますし、雅美さまからかばうにも限度がありました」

弥一郎は官九郎に酒を注いで、手酌した。

確かに、下女の分際で女主に意見することなどできなかっただろう。話に聞く限り、その後妻の気性では、時枝をかばった下女まで折檻したはずだ。

しかし――。

「時枝どのの父親はどうしておったのだ」

官九郎は力なく首を横に振った。

「下女の話によると、雅美さまの行いに、新田さまが口出しなさることはございませんでした。お武家さまというのは、奥向きのことはすべて奥方さまにお任せになるものなのでございましょう？　特に、子女の躾けは女親の仕事と伺っております」

「それはそうだが――」

官九郎は苦虫でも嚙み潰していたような顔で口を動かした。

「雅美さまが時枝に何を教えてくださったのか、わたしどもには皆目わかりませんが、裁縫は下女に手ほどきを受けて覚え、雅美さまや芙美さまの着物を繕わされていたようでございます」

「では読み書きは？」

「お隣の奥方さまが、ご厚意で指南してくださったそうでございます。いずれ武家へ嫁がせる際に、時枝が何も知らぬままでは新田家の恥になるとお考えになったようで、雅美さまもお隣の奥方さまのお申し出を受け入れたのでございます。お隣からいただいた書物などは取り上げられずに済みましたそうで」

「隣人の厚意まで無下にしては、外聞が悪くなるであろうからな」

　弥一郎は酒をあおって、再び手酌した。

「時枝どのは、いつからここに？　たまに滞在することは許されておったのか」

「滞在させるのは初めてでございます」

　官九郎は悲しげな顔で目を伏せた。

「時枝は昨年末から我が家で過ごしておりますが——もう新田家には帰したくありません」

　絶対に帰すものかと言いたげな官九郎の表情は悲愴に満ちていた。

「折檻は止んだと申しておったが、他に何かあったのか」

　官九郎は大きくうなずく。

「実は、時枝には許嫁がおりました。新田家と同じく御徒の御家の嫡男で、小山徳之進さまとおっしゃるお方なのですが——」

　官九郎の口元に嘲るような笑みが浮かんだ。

「昨年末に徳之進さまが娶られたのは、芙美さまだったのでございます」

　弥一郎は、ぐっと眉間にしわを寄せた。

「御家同士が決めた縁談であれば、そうたやすくは、くつがえせぬはずであろう」

　官九郎は、ふんと鼻息を荒くした。

「芙美さまが鳥を白いと言えば、白いことになってしまうのが、新田家なのでございますよ」

「しかし世間では――」

「時枝は大病をしたため、子を産めぬ体になってしまったそうでございます」

官九郎は怒りをあらわにして、眉を吊り上げた。

「御徒衆の間にも、そう広められました。もちろん嘘でございますがね」

弥一郎は唖然とする。

「そこまでして、なぜ――」

「芙美さまが徳之進さまをお望みになったからでございます」

弥一郎は頭を振った。

「では最初から、その許嫁とやらには芙美どのをあてがっておけばよかったではないか」

「ごもっともではございますが、芙美さまが徳之進さまに嫁ぎたいとお思いになったのは、ここ最近の話だそうで」

「何だ、それは」

官九郎は「さあ」と首をかしげた。

「新田家の理は、わたしどもにはわかりかねます」

官九郎は、ぐびりと酒を飲んだ。

「わかっていることといえば、この先新田家が用意するであろう時枝の縁談は、ろくなものではないということだけでございます。何しろ時枝は、跡取りが産めぬ女ということにされてしまったのですからな。武家にとっては役立たずでございましょう?」

弥一郎は黙って酒を飲んだ。

確かに、御家存続は武家にとっての一大事である。

もし正妻が子を生せぬ場合は、正妻自ら夫に妾を勧めることもあるのだ。

「だが、時枝どのの場合、本当は健康な体なのであろう」

「芙美さまと徳之進さまのために嘘をついたとばれるような真似は、雅美さまが絶対になさいますまい。時枝を陥れたことが世間に知られれば、芙美さまの評判にも傷がつきますからな。それこそ新田家の恥、そして婚家である小山家の恥にもなります。時枝の存在など、今となっては邪魔なだけでございますよ」

弥一郎は顔をしかめた。

官九郎の言うように、両家とも時枝の存在をなかったことにしたいのやもしれぬ。

「だが、それでは、あまりにも時枝どのが気の毒ではないか」

官九郎は弥一郎の杯に酒を注ぎ足しながらうなずいた。

「ですから、昨年末、強引に時枝をここへ連れてまいりました」

官九郎は気を取り直したように、にっと口角を引き上げる。

「時枝が大病をしたという作り話に乗って、ぜひ我が家で療養させたいと申し出ました。お隣の奥方さまにも、時枝が幼い頃からお世話になっておりましたご挨拶を改めて申し上げ、お口添えしていただいたおかげで、すんなりと話がまとまりまして」

官九郎は胸に手を当て、ふうっと息をついた。

「いつまでも時枝を新田家に置いておけば、そのうち徳之進さまと顔を合わせる機会があるかもしれません。あちらも多少は気まずいのでしょうな。渡りに船と言わんばかりに、時枝を預けると了承してきました」

弥一郎は杯に口をつけながら宙を見やった。

「元許嫁が時枝どのに未練を抱いておらずとも、顔を合わせているうちに再び——と邪推する者は出てくるやもしれぬからな」

「何があっても、すべて時枝のせいにされてしまうのでございますよ」

「難儀なことだ」

「ええ、まったく」

官九郎は、ぐいと酒を飲んだ。

「時枝をいつまで手元に置いておけるかわかりませんが、うちにいる間は存分に甘やかしてやりたいと思っております。幼いうちにしてやれなかったことを、すべてしてやりたいのです」

官九郎は指折り数え始めた。

「年玉、雪見、食べ歩き、芝居見物、湯島の梅見」

官九郎は、とほほと後ろ頭をかいた。

「張り切って出歩き過ぎて、先日は梅見の帰りに具合を悪くしてしまいましたが――」

弥一郎は、はっとした。

不忍池のほとりで官九郎を助けた際に、時枝は、数日前から官九郎が風邪を引いていたと言っていた。

――無理に出歩いて、ひどくなったのか――治り際を甘く見て、ぶり返したのだな――。

弥一郎がそう言った時、時枝はひどく悲しそうな顔をしていなかったか。悔しそうな顔をしていなかったか。

弥一郎に責められたように感じてしまったのかと思っていたが、もしやあの時は、祖父に気遣われている我が身への歯がゆさを感じていたのではないだろうか。

「本日、芙美さまとお会いした時、時枝はどんな様子でございましたか」

官九郎が再び問うてきた。

「取り乱したり、涙をこぼしたりしてはおりませんでしたでしょうか」

芙美を前にして、おどおどしていた時枝の姿が弥一郎の頭に浮かんだ。

女主（おんなあるじ）に怯（おび）える奉公人のように見えたのは、時枝の不憫（ふびん）な育ちゆえか――。

それにしても、芙美の物言いはひどかったと改めて思う。

――わたくしが嫁いだあと、姉上がふてくされて泉屋さんへ押しかけたと聞いたものですから――泉屋さんの優しさに甘えて、わがまま放題なのではないかと案じておりましたのよ――。

芙美が許嫁（いいなずけ）を奪ったせいで、時枝は生家を追いやられたというのに、何という言い草だろうか。

いったいどちらがわがままなのだと、問いただしたくなってくる。

弥一郎は、くいっと酒をあおった。

「時枝どのは取り乱してなどいなかった。芙美どのを罵（ののし）ることもなく、ただ健気（けなげ）にじっと耐えていたように見えた」

「さようでございますか……」

官九郎は痛ましい表情で唇を引き結んだ。芙美の前で時枝が取り乱さなかったと聞いて安堵（あんど）したようにも、いっそ罵って引っ叩（ぱた）いてやればよかったのにと思っているようにも見える。

弥一郎は手酌して、酒を飲んだ。

もし時枝の事情を知っていれば、もっとかばってやれたものをと思った。

いや、そもそも、芙美と立ち話などする隙を与えねばよかったのだ。

かわいそうなことをしてしまったという気持ちが、じんじんと湧いてくる。

「失礼いたします」

閉じた襖（ふすま）の向こうから、時枝の声が聞こえた。

「鰻（うなぎ）を買ってまいりました」

蒲焼（かばや）きを載せた皿を持って、時枝が入室してくる。

「どうぞお召し上がりくださいませ」

目の前に置かれた鰻の蒲焼きは身が厚く、しっかり染み込んだたれが艶々として、甘く香ばしいにおいを放っていた。

弥一郎の喉が鳴る。

「これは美味そうだ」

思わず呟けば、官九郎が満足そうに声を上げて笑った。

「美味しゅうございますよ。さ、どうぞ」

弥一郎はうなずいて、鰻に箸をつけた。

やわらかい身に、すっと箸が入る。ひと口大に切って食べれば、ふっくらとした噛み心地に目を見開いた。舌を覆ってくるたれの甘じょっぱさが、たまらない。

「美味い」

続けて、もうひと口。噛みしめて、弥一郎は唸った。

鰻を食べ進めるほどに、飯が欲しくなる――。

白飯の上に、たれの染み込んだ鰻の蒲焼きを載せて食べたら、さぞ美味いだろう。

時枝がおずおずと顔を覗き込んできた。

「あの、白いご飯をご用意いたしましょうか。お茶漬けもできますが――」

「茶漬けだと？」

弥一郎は弾かれたように時枝を見た。時枝は少々驚いたように腰を引く。

「祖父がよく、鰻の蒲焼きをお茶漬けにして食べるのです。蒲焼きをそのまま半分食べて、もう半分をお茶漬けに――白いご飯の上に、食べやすく切った蒲焼きの残りを載せて、わさびと海苔と刻み葱を加え、出汁をかけます」

「むう――」

弥一郎は、ごくりと唾を飲んだ。

茶漬けも食べたくなってくる――。

まるで悪だくみでも持ちかけてくるような顔で、官九郎が再び笑い声を上げた。

「とても美味しゅうございますよ。ぜひ茶漬けもお召し上がりくださいませ」

弥一郎は、こっくりとうなずいた。

呆気なく陥落してしまった気がしないでもないが、すでに散々馳走になっているのだから、今さら気にしても仕方がないと開き直る。

時枝がすぐに茶漬けの支度をしてきた。

官九郎に促されるまま、弥一郎は茶漬けをかっ込む。

やわらかな鰻の身に、白飯がさらさらと絡みついた。わさびと刻み葱が一陣の清風のように口の中を駆け抜け、海苔がしっとりとした香ばしさで躍る。それらすべてを出汁が包み込み、噛めば噛むほど調和させ、まるでせせらぎのように弥一郎の体内へと押し流していく。

弥一郎は唸った。

やはり美味い――。

「お気に召していただけたようでございますな」

愉快そうな官九郎にうなずいて、弥一郎は鰻の茶漬けを頰張った。

あっという間に平らげてしまう。

「もう少しお酒をいかがですか」

注ぎ足そうとする官九郎に向かって首を横に振ると、弥一郎は時枝に向き直った。

「すまぬが、茶を淹れてくれぬか」

「はい、ただ今」

時枝はいったん下がると、すぐに茶を淹れて戻ってきた。

「どうぞ」

差し出された茶を、ひと口ごくりと飲む。

弥一郎は、はっと目を見開いた。

まさに先ほど官九郎に語った、ちょうどよい塩梅の味加減だったのだ。

しっかりと茶の味わいを感じるが、それは鰻の余韻を殺さぬ程度の心地よいものだった。渋過ぎず、甘過ぎず――鰻を楽しんだあとの弥一郎の口内に最適と思われるような喉越しだ。熱さもちょうどよい。

時枝が心配そうに弥一郎の顔を覗き込んできた。

「あの――」

「茶も美味いぞ」

時枝はきょとんと目を瞬かせる。

「ありがとうございます」

一礼してから、再び弥一郎の顔を覗き込んできた。

「あの、先ほど祖父は、岡田さまにいったい何をお話ししたのでございましょうか。わたくし、奉公人の八助を連れて鰻を買いにいっている間もずっと、どうしても気になってしまいまして――」

「ああ、そちらか」

弥一郎は、ごほんと咳払いをした。

「先ほどと同じく、芙美どのと会った時のおまえの様子を聞かれたので、答えたのだ。おまえの身の上についても、ひと通り聞いた」

時枝は困り顔で唇を引き結び、じろりと官九郎を睨んだ。官九郎は降参するように両手を小さく上げた。

「わたしもおろくも、おまえより先に、そのうち死んでしまう。その前に、誰かしらに事情を打ち明けて、おまえの味方を増やしておきたかったんだよ」

時枝は悲しげに眉を下げる。

「だからといって、出会ったばかりの岡田さまに、そんな――」

官九郎は真剣な表情で、時枝をじっと見つめた。

「時の長さがすべてではないよ。出会ってからの時の長さだけで、親交の深さが決まるのならば、どうしておまえは今、家族のもとではなく、わたしたちのところにいるんだね」

時枝は口をつぐんで目を伏せた。

官九郎は表情をやわらげて、優しく時枝を見つめた。

「おまえが芙美さまにお会いしたと聞いて、わたしも少し動揺してしまった。お優しい岡田さまに、この胸の内を聞いていただきたくなってしまったんだ。だが、もちろん、これ以上厚かましく、岡田さまに何かをお願いしようだなんて思っていやしないよ」

官九郎は弥一郎に向き直って、深々と頭を下げた。

「年寄りの愚痴におつき合いさせてしまい、申し訳ございませんでした」

弥一郎は首を横に振った。

「どこかで気持ちを吐き出さなければならなかったのは、おまえも同様であったろうからな。近い間柄の者には、かえって言いづらいこともあるだろう」

官九郎と時枝がそろって低頭する。

「やめろ。おれはただ、ここで飲み食いしていただけだ」

二人は恐縮したように肩をすくめて、そろりと顔を上げた。

気にするなと笑いかけてやれば、官九郎は小さく微笑み返してきたが、時枝のほうは硬い表情のままだ。ぐっと強く指でつつけば、ぱりんと顔にひびが入ってしまいそうに思えた。

ふと、小石川御薬園に移ってきた頃の自分を思い出す。

雨上がり、薬草畑を見回りながら覗き込んだ水溜(みずた)まりの中の弥一郎も、今の時枝と同じような顔をしていなかったか——。

弥一郎は右手を握りしめた。

「時枝どのには、何か没頭できるものがあるか？」

問われている意味がわからないと言いたげに、時枝は首をかしげた。

「気晴らしできるものは、何かないのか。黄表紙でも、三味線でも、何でもよいのだが」

時枝は苦しげに小さく唸る。

「気晴らしと申しましても、わたくしには何も――」

小さな楽しみのひとつも思い浮かばぬ育ちであったかと、弥一郎は改めて時枝の境遇に同情した。

「おれも、かつてはそうだった」

時枝が「え」と弥一郎の顔を見る。

弥一郎は右腕を軽く持ち上げて、ふっと浅く笑った。

「おれは以前、駒場御薬園に勤めておった。採薬師として、諸国を巡りもしたのだが、ある日、お役目の最中に利き腕を怪我してな。それがもとで、お役目を解かれ、実家の跡継ぎには弟を据えることとなった」

時枝と官九郎は「えっ」と同時に声を上げ、顔を強張らせた。

弥一郎は苦笑しながら右手を軽く振る。

「上役の配慮で、小石川御薬園同心の座に就いたが、小石川へ移ったばかりの頃は

『なぜ、おれがこんな目に遭わねばならぬのだ』という気持ちに陥って、なかなか仕事に身が入らなかった。そこで始めたのが、菜園での青物作りだ。お役目と似たような作業に見えるやもしれぬが、おれにとっては似て非なるものでな。養生所の台所へ青物を分けてやったりするうちに、話し相手も増え、よい気晴らしになった」

弥一郎は過去を振り返りながら、目を細めて微笑んだ。

「時枝どのにも、何か気晴らしがあればよいのだがな。ほんの一時でも、気を晴らすことは必要だ。植物と同じく、人の心も、晴れ間がなければ腐ってしまう」

時枝は膝の上で、ぎゅっと両手を握り合わせた。

「わたくし――」

時枝の声が詰まる。

嗚咽を押し戻すように、時枝は口元を両手で覆った。

官九郎がそっと時枝の背中に手を当てる。

「新田家の下女の話によると、時枝は働かされてばかりいたそうです。内職の朝顔栽培も、時枝が世話することが多かったようで」

俸禄の少ない御家人たちは家計のために内職をすることも多い。体面を保てる範囲の内職は、幕府も禁じていなかったのである。

植物の栽培を内職にする武士たちも多く、御鉄砲百人組の躑躅栽培、御徒の朝顔栽培などが特に有名であった。

官九郎が痛ましげに時枝を見つめる。

「うちへ来た時は、時枝の手もひどく荒れておりまして……冬場の水仕事や、菜園の手入れなど、下女と同じ仕事をさせられていたのでございますよ。芙美さまには、自分が食べたあとの茶碗ひとつ洗わせなかったくせに」

時枝は取り繕うような笑みを浮かべた。

「植物の世話は好きでした。特に、朝顔の世話は苦にならなかったのでございますよ。水は重くて、土を触れば手も荒れましたが、朝の静けさの中で凜と咲いている朝顔の花を見ると、今日はよい一日になりそうだと思えて――」

井戸から水を運んで、朝顔の株元に水をやる時枝の姿が、弥一郎の頭に浮かんだ。

朝の水やりを終え、ほっとひと息つきながら、丹精して咲かせた朝顔の花を見つめ、ささやかな希望を抱く。

けれど、その希望が叶う日は、きっとほとんどなく――。

組屋敷の庭で栽培している朝顔を思い返しているような時枝の表情は、微笑んでいるものの、どこか悲しげだ。

弥一郎の胸が痛んだ。

あきらめの境地で抱く希望の虚しさを、弥一郎も知っている。

振り切ったはずの過去のかけらがまだ体内に残っている気がして、弥一郎は右手で軽く胸を叩いた。

小石川御薬園の片隅を開墾して、汗水垂らした日々を思い出す。夢中で体を動かして、菜園を作り上げたあの日々があったからこそ、弥一郎は立ち直れたのだとつくづく思う。

「もう一度、朝顔を育ててみてはどうだ」

思わず口にすると、時枝は戸惑ったように目を泳がせる。

「ですが、ここでは――」

「一鉢でも、二鉢でもよいではないか。好きなことをしていれば、きっと気が晴れるぞ」

時枝は顔を曇らせた。

「何もかも――種もすべて、実家に置いてきてしまいました」

官九郎が悲しそうに時枝を見つめる。

朝顔の種ぐらい、いくらでも買ってやるのに、それすらも遠慮するのかと言いたげだ。

――おまえはいつも一人で我慢しているだろう――。

官九郎のもどかしげな叫びが、今にも口から飛び出しそうだ。

だが、それを言われれば、時枝はおそらくまた自分を責めてしまうのだ。

互いを思いやる二人のつらさは、なかなか嚙み合わないだろう。

かつて弥一郎が利き腕を怪我してお役目を解かれた時も、同じような状況だった。

弥一郎を気遣う家人たち。相手の心遣いをありがたいと思いながらも、申し訳なく思い、素直に甘えられなかった自分――正直、放っておいてくれたほうが楽だと何度も思った。

弥一郎は右手を軽く握りしめた。

「おれが変化朝顔の種をやろう」

時枝と官九郎が、はっと弥一郎を見る。

「ちょうど昨日もらったばかりの種があるのだ」

時枝が遠慮する前に、弥一郎は次郎吉の話をした。

「もらった種は十粒あるゆえ、半分おまえにやろう。どんな花が咲くか、楽しみにしながら育ててみろ」

時枝は躊躇しているように首をかしげる。

「ですが、蒔いた種がすべて無事に芽を出すかわからないのでございますよ。わたくしが半分いただいてしまっては――」

「おれは御薬園同心だぞ。朝顔の芽出しなど、しくじりはせぬ」

ぎろりと睨んでみせると、時枝は口をつぐんでうつむいた。弥一郎は表情をやわらげる。

「もし万が一おれが失敗したら、おまえの育てた苗をもらう。それでよかろう」

時枝がおずおずと顔を上げた。

「だが、おれはお役目の上でも朝顔を育てておる。どんなにおまえが朝顔栽培に秀でていようと、おれが劣るはずはないがな」

官九郎が「ああ」と納得の声を上げた。

「朝顔の種は、薬としても使われているのでしたな」

弥一郎はうなずいた。

「熟した種を天日干しにした物を、牽牛子というが、これを粉にして服用すると、下剤になるのだ。多く飲めば腹痛や下痢を引き起こすので、素人判断でむやみに使用してはならぬ。胃の弱い者や、懐妊中の女人には、与えられぬ薬だ」

官九郎は神妙な顔で弥一郎を見つめた。

「牽牛子といえば、朝顔のことを牽牛花とも呼ぶのでしたな。あの可愛らしい花に『牛』の字がつくのは、何やら不思議な気がいたしますが……」

「我が国に朝顔が入ってきたのは、奈良に都があった頃といわれているが、もともと薬用植物として唐から伝わってきたとされている」

まるで手習い師匠に教えを受けている子供のような顔で、官九郎はじっと聞いている。

「かの国では昔、朝顔の種が薬として非常に貴重であったため、朝顔の種を贈られた者は礼として大事な牛を牽いていったという説があるのだ。ゆえに牽牛花と呼ばれるようになったらしい」

官九郎は「ほほう」と声を上げた。

「彦星のことを牽牛星とも呼びますが、それも関わりがあるのでございましょうか」

「朝顔も、七夕の頃に咲くからな」

そういえば——と、弥一郎は宙を仰いだ。

「織姫星には、朝顔姫という異名もあったな」

官九郎の顔がほころぶ。

「朝顔姫という名は、花の印象そのものでございますな。何とも縁起がよさそうです」

官九郎は時枝に向き直った。

「お言葉に甘えて、ぜひ岡田さまから変化朝顔の種をいただきなさい。鉢でも支柱でも、必要な物はわたしが買いそろえるから」

時枝の目が揺れた。

変化朝顔の種が欲しい——けれど、欲しいと言ってよいものか、まだ迷っているように見えた。

弥一郎は苦笑する。

「変化朝顔が見事に咲けば、何かよいことがあるやもしれぬぞ」

駄目押しと言わんばかりに、弥一郎は続ける。

「近いうちに種を持ってきてやろう」

時枝は頭(かぶり)を振った。

「それはあまりにも申し訳がございません。わたくしが小石川までいただきに参ります」

「では変化朝顔を育てるのだな」

時枝は失言を恥じるように、両手で口を覆った。

「小石川までの間には、暗い坂道もある。また六郎太とお多福へでも来るついでに、おれがここまで持ってこよう」

時枝は床の一点をじっと見つめたのちに、ゆっくりと顔を上げ、弥一郎を見た。

「本当に、よろしいのでしょうか……」

「よいと申しておる」

弥一郎の言葉に、時枝は小さく微笑んだ。

「それでは、お言葉に甘えさせていただき――どうぞよろしくお願いいたします」

時枝は両手をついて、丁寧に頭を下げた。

顔を上げた時枝に向かって、弥一郎も微笑む。

「今年の七夕は、朝から晴れるとよいな。さすれば、朝顔の花が美しく咲き、天の川を渡って牽牛と織女が再会できるであろう」

五節句のひとつである七夕の夜には、天の川の両岸に別れて暮らしている牽牛と織女が再会できるという伝説がある。二人の逢瀬（おうせ）が叶（かな）う日に合わせ、人々も笹に短冊を吊（つ）るしたりして自分の願を懸ける風習が生まれたのだ。

「今年の七夕には、おまえの願いも叶うやもしれぬぞ」

夏の夜空にきらめく天の川を思い浮かべながら、弥一郎は杯に残っていた酒をあおった。

新たな酒を勧めてくる官九郎を手で制して、弥一郎は立ち上がる。

「もうじゅうぶん馳走(ちそう)になった。礼を申す」

少々飲み過ぎたようだと思いながら、弥一郎は表へ出た。

もうすっかり日が暮れている。

おろくが用意した提灯(ちょうちん)を借り、弥一郎は小石川へ向かって歩き出した。

顔にまとわりつく夜風が心地よい。

不忍池のほとりを過ぎ、樹木の生い茂る坂道を行くが、何度も通ったことのある道だ。弥一郎にとっては苦にならない。採薬師として諸国を巡っていた頃には、夜の野山を歩いたこともある。江戸市中の付近であれば、手元に提灯がなくとも、星明りだけで歩き切る自信があった。

暗がりの中、弥一郎は迷いなく進んだ。

頭上を仰げば、夜空に星々が瞬いている。

翌朝、起き出してすぐに思い出したのは変化朝顔の種である。

次郎吉からもらった紙包みを前に、弥一郎はなぜか居住まいを正して唸った。

時枝に変化朝顔の種をやるという約束は、はっきりと覚えている。

自分から言い出したのだ。やると言ったからには、やらねばなるまい。

しかし、時枝に再び会いにいくことが、こうして朝になってみると何やら解せぬ気がした。

時枝に同情した。変化朝顔の種をやることにした。

ここまでは問題ない。

だが、もう一度会う必要があるのか——？

腕組みをして首をひねっていると、表から弾むような足音がした。

「弥一郎さん、今日はおれが目刺しを分けてやるぞ！」

入室の可否も問われずに、いきなりがらりと表戸を開けられた。

戸口に立った六郎太が、きょろきょろと周囲を見回す。

「まだ朝食の支度をしていないなんて、弥一郎さんにしては珍しいな。寝坊か？けっきょく昨夜は遅く帰ってきたし、何かあったのか。顔色は悪くないが——」

心配そうに顔を覗き込んでくる六郎太に向き直り、弥一郎は紙包みを差し出した。

「おまえ、これを時枝に届けてくれぬか」

六郎太は「は？」と声を上げて目を瞬かせる。

「何だ、それは」

「変化朝顔の種だ」

昨夜の経緯を話すと、六郎太はあからさまに嫌そうな顔をした。

「それは弥一郎さんが自分で届けるべきだ。借りた提灯も返さなきゃならんだろう」

「だから、おまえが行ってくれれば——」

「駄目だ。弥一郎さんが交わした約束なんだから、弥一郎さんが果たさなきゃ」

弥一郎は、むっと眉間にしわを寄せた。

もっともである。が、しかし、何やら行きづらい。

「下心でもあるのか？」

真顔で聞かれ、弥一郎は即座に首を横に振った。

「ない。断じて、ない」

「それなら、いいじゃないか。堂々と、種を渡してきてやれよ」

あっさり笑顔で言われると、二の句が継げなくなる。

六郎太は首をかしげた。

「泉屋に行きたくない理由は何だ？」

弥一郎は再び腕組みをして唸った。

これといって、たいした理由はない。たいした理由はないのだが——。

「強いて言えば、気恥ずかしい」

「はっ？」

六郎太は呆れた顔で、ぽかんと口を開けた。

「昨夜は、おれらしくないことを言ってしまった気がする」

まじまじと凝視され、弥一郎は六郎太から顔をそむけた。

「おれらしくないって、どういうことだ？　それなら、いったい何が弥一郎さんらしいと言うんだ」

「それはわからぬが……」

弥一郎は腕組みをしたまま首をかしげた。

「時枝は生真面目で、不器用な女だ。さぞ生きづらかろうと哀れに思ったが、少しばかり親切にし過ぎたであろうか」

六郎太が「あっはっは」と声を上げて笑う。

「何を言っているんだ、弥一郎さん。生真面目で、不器用で、哀れなのは、弥一郎さんも同じゃないか」

「何だと？」

弥一郎は腕組みを解いて、六郎太を睨みつけた。

「哀れというのは言い過ぎであろう」

「そうかな」

六郎太は悪びれずに笑い続けた。その笑みは親愛に満ちていて、弥一郎を哀れんでいるようにはまったく見えない。

けれど六郎太は「哀れだ」と弥一郎に向かってくり返した。

「弥一郎さんは、自分のよさをちっともわかっていない。弥一郎さんは誰に対しても、じゅうぶん親切だ」

弥一郎は口をつぐんだ。

面と向かって褒められると、こそばゆくなって、居たたまれなくなってしまう。

六郎太が、ばしんと強く背中を叩いてきた。

「武士に二言なしだ。とにかく近いうちに泉屋へ行ってこい」

弥一郎は仕方なくうなずいた。

六郎太は満足げに笑みを深めて、脇に置いてあった目刺しの皿を弥一郎の前に押しやった。

「まだ飯を炊いておらんな。おれの家から持ってきてやるから、待ってろ」

疾風のような勢いで、六郎太が駆けていく。

弥一郎は立ち上がった。

すぐに戻ってくるであろう六郎太のために、味噌汁くらいは作ってやるかと、土間の隅に置いてあった青物を手にする。

「大根は——煮えるのを待つより、すり下ろして目刺しに添えたほうが早いな。では味噌汁には小松菜を——」

小松菜の横にあった春菊が目に入る。

昨夜、泉屋で食べた春菊と人参の胡麻あえも美味かったと思い返しながら、弥一郎は味噌汁を作り始めた。

第三話　仕込み

日の光に照らされて、南天の赤い実が艶々と輝いている。

「病虫を防ぐため、混み合っているところの幹を根元からばっさり切るのだ。風通しをよくしろ。枯れた枝はもちろん、衰弱した枝もいらぬ」

「はい！」

弥一郎の言葉に元気よく返事をしたのは、小石川御薬園同心見習になったばかりの大久保文平である。まだ幼さが残る顔に南天の葉を一枚ぺたりとつけながら、荒子とともに南天の大木を剪定している。

「おまえの右手にある、重なり合った枝――そう、それだ――実の生っているほうを切れ。実は薬にするので、丁寧に扱うのだぞ」

「はい！」

弥一郎の指示通りに、文平は赤い実のついた枝を剪定して、籠の中に丁寧に入れた。

熟れた南天の実を干した物を、南天実といい、咳止めの煎じ薬として利用できるのだ。

文平が「岡田さん」と顔を上げた。

「南天の葉も、扁桃炎のうがい薬や、湿疹かぶれの浴湯料として使えますが、今日は採取しなくてよろしいのですか？」

文平の問いに、弥一郎はうなずいた。

「南天葉は、昨年の葉月（旧暦の八月）に採取して日干しした物があるゆえ、今日は実の採取と剪定だけ覚えればよい」

「はい！」

文平は南天の木の前に戻ると、再び剪定に取りかかった。残しておくべき枝と、切り捨てるべき枝を見極めようと、真剣な表情で南天に向き合っている。

南天の木は丈夫なので、剪定にもそれほど気を遣う必要はないのだが、今それは文平に言わないでおく。

御薬園の植物は、民家の庭木と違い、すべて薬となるのが基本だ。薬にならぬ植物でも、城へ献上されることがある。どんなに丈夫な植物とて、いい加減に扱ってよい物はひとつもないのだ。

文平もそのうち仕事に慣れてくるであろうが、今はせいぜい緊張しながら植物に触れるがよいと、弥一郎は内心で微笑ましく思いながら剪定作業を見守った。

「弥一郎さん、そろそろ、ひと息入れたらどうだ」

振り向けば、六郎太が荒子二名を引き連れて立っていた。

「茶を持ってきてやったぞ」

六郎太の合図で、荒子の一人が敷物を広げる。もう一人は手にしていたやかんを置いて、背負い籠の中から湯呑茶碗を取り出した。先日仕込んでおいた、梅の花の塩漬けもある。

湯呑茶碗の中に梅の花の塩漬けを入れると、荒子は静かに湯を注いだ。

弥一郎は南天の木のほうに顔を向けた。

「おまえたちも来い。ひと休みだ」

文平と荒子が嬉しそうな顔で歩み寄ってくる。

みなで敷物の上に座り、梅の花の塩漬けの茶を飲む。

「先ほど梅林を通ったら、もう散りゆく花も多かった」

六郎太がしみじみと湯呑茶碗の中を見つめる。

「この茶碗の中の梅も、形が崩れて、花びらだけになってしまった物が多いが、それはそれで過ぎゆく季節の風情を感じるな」

湯気と一緒に立ち昇ってくる、かすかな梅の香りを嗅ぎながら、弥一郎は同意した。

「御薬園の中には常に四季の移ろいがある」

六郎太は茶をすすりながらうなずいた。

「採薬師たちが巡り歩く山野と違い、人の手で作られたものだがな」

六郎太の言葉を聞きながら、弥一郎も茶を飲んだ。塩気を含んだ梅の味が、ふんわりと口内に流れ込んでくる。ごくりと飲めば、梅の持つ素朴な滋味が体内の隅々にまで広がっていく気がした。

「人の手で作ったものとて、何でも思い通りにはならぬぞ。どんなに手をかけたとて、雨風や日差しによって、枯れてしまう物もあるのだからな」

「弥一郎さんの言う通りだ」

六郎太は周囲を見回した。

南天、椿、桜、躑躅など――もう咲き終わった木々や、これから咲き始める木々が、あちらこちらに並んでいる。

「ところで、もう時枝さんに種はやったのか」

弥一郎は今まさに飲み込もうとしていた茶を思わず「ぐふっ」と吹き出した。

「四季の移ろいについて語っていて、なぜ突然その話をするのだ」

「思い出したからさ」

あっけらかんと笑いながら、六郎太は首をかしげた。

「その様子では、まだ泉屋へ行っていないな？」

弥一郎は懐から取り出した手拭いで顔を拭きながら、六郎太から目をそらした。

「行こうと思っていたのだが、なかなか暇がなくてな」

嘘ではない。

変化朝顔の種を時枝にやると約束してから、早くも三日が過ぎたが、今日までの間は仕事が終わったあとも文平に乞われて薬用植物の利用法などを教えてやっていたのである。

「岡田さん、今日も夜にお邪魔してよいですか？　わたしの植物日記を見ていただきたいのです」

六郎太が文平に向かって手を横に振った。

「弥一郎さんは用事がある。植物日記なら、おれが見てやろう」

文平は困ったように眉尻を下げた。

「わたしは岡田さんに見ていただきたいのですが――」

六郎太は、むっと眉根を寄せる。

「何だ、おれでは不満か」

「いえ、不満というか――佐々木さんも、岡田さんのご指南を受けていらっしゃるのですよね？　それでしたら直接、岡田さんに見ていただいたほうが――」

六郎太は腕組みをして、ふんぞり返った。

「おまえ、弥一郎さんが採薬師として培ってきた知識を簡単に教えてもらえると思っているのか。おれがどれだけしつこくまとわりついて、やっと気安く助言をもらえるようになったと思っておるのだ」

文平は小首をかしげた。

「わたしがお願いしましたら、初回からあっさり承知してくださいましたけれど――」

六郎太は悲しげに顔をしかめて弥一郎を見た。

「弥一郎さん、おれの時とずいぶん態度が違うのではないか？」

弥一郎は、ふんと鼻先で笑った。

「見習と同じ土俵に立ってどうする」

六郎太は気を取り直したように、にやりと口角を引き上げた。

「まあ、そうだな。おれと弥一郎さんは同輩であり友であるが、文平はただの見習だからな」

六郎太は得意げな顔で、文平に向き直った。

「というわけで、今夜おまえの植物日記を見てやるのはおれだ。よいな？」

文平が助けを求めるように弥一郎を見る。

どうしたものかと思いながら、弥一郎は湯呑茶碗の中に目を落とした。

梅の花びらが数枚、残った湯の中に浮いている。

弥一郎は端から目で数えた。

一枚、二枚――。

心の中で呟く声は、いつの間にか変わっていく。

今日こそ時枝のもとへ行く、行かない、行く、行かない――。

突然ぶわりと強い風が吹いた。

弥一郎の湯呑茶碗の中へ、風に乗って舞い飛んできた梅の花びらがひらりと落ちてくる。

——行く——ということになるのか——？

六郎太の手が、ぽんと肩に置かれた。

「弥一郎さんは今日、仕事が終わったら泉屋へ行くんだ」

力強く断言されて、弥一郎は思わずうなずいた。

南天の剪定を終え、収穫した実を御役宅へ運ぶと、門番が現れた。

「岡田さまに、ご来客です」

「泉屋の時枝か？」

変化朝顔の種を待ちきれず、取りに来たのだろうかと思ったが、門番はすぐさま首を横に振った。

「御徒組の小山徳之進さまの奥方で、芙美さまと名乗られました」

弥一郎は顎に手を当て考えた。

時枝の妹が、いったい何用でやってきたというのか——。

しかし、どんなに考えても、皆目見当がつかない。

すぐ近くにいた六郎太も怪訝な顔で寄ってくる。

「弥一郎さん、御徒と何かあったのか」

「いや、何もない。芙美という女は、時枝の妹なのだ」

芙美と会った経緯を話すと、六郎太は哀れみのこもった目で弥一郎を見つめた。

「何だかよくわからんが、面倒くさそうだな」

「では、おまえも一緒に行ってくれ」

「嫌だよ」

素直に乞うたのに、即座に断られた。

「芙美どのという女人は、弥一郎さんを訪ねてきたんだろう。おれは、あとから弥一郎さんの話を聞けばいい」

弥一郎は恨みがましく、じっとりと六郎太を睨んだ。

「時枝が訪ねてきた時は、おまえも門前まで出てきたではないか」

六郎太は、しれっとした顔で肩をすくめる。

「時枝さんは、おれの知り合いでもあるから、ちょっと挨拶に出向いたが——芙美どのとは面識がないからな」

あまり長く女人を待たせてはならぬと六郎太に背中を叩かれ、弥一郎は渋々と門前へ向かった。

芙美はつんと澄ましたように顔を上げて門の前に立っていた。屈強そうな供の男を連れている。弥一郎に気づくと、芙美は不服がましい目を向けてきた。

「お忙しいところ突然お訪ねいたしまして、申し訳ございません」

申し訳ないなどとは微塵も思っていない口調で、芙美は続ける。

「岡田さまのもとへ案内するよう門番に頼んだのですが、ここで待ての一点張りでございました」

弥一郎は鷹揚にうなずく。

「ここはご公儀の御薬園だ。見知らぬ者を入れるわけにはゆかぬからな」

芙美は眉をひそめた。

「姉上はお入りになったのでございましょう？」

「傘は門前で受け取った。中へ入れてはおらぬ」

芙美は疑い深い目で、じっと弥一郎を見た。

「本日は、わたくしの父、新田仁右衛門の名代で参りましたの」

弥一郎は「はて」と大げさに首をかしげてみせる。

「一介の御薬園同心に、御徒が何のご用であろうか。新田仁右衛門さまという御仁とは、剣道場などでも顔を合わせたことがないはずだが――」

芙美の顔に、いら立ちが浮かんだ。

「姉上のことです。先日お世話になりましたお礼を、改めて申し上げに参りました」

弥一郎は無言で目を細めた。

虎の威を借る狐のように、芙美は胸をそらす。

「父からも、返礼の品を預かっております」

芙美は下男を振り返った。下男は弥一郎に向かって風呂敷包みを掲げてみせる。

弥一郎は、ため息をついた。

「返礼をもらうような世話などしておらぬが」

しかし突き返しては、新田の面目を潰してしまうだろう。時枝や官九郎に向かって返礼を断っていた時とは、明らかに事情が違ってくる。

御徒は下級武士でありながらも、将軍を警護するお役目を誉れとしている誇り高い者が多いはずだ。おのれより俸禄も低い小石川御薬園同心に無下にされたとあっては、きっと収まりがつかぬであろう。

芙美は、てこでも動かぬと言わんばかりの表情だ。

弥一郎は頭を抱えたくなった。

が、平然とした顔を保って門の脇にある詰所を見やる。

「茶を一杯進ぜよう」

芙美は当然と言いたげな表情で、門内へ足を踏み入れた。供の者もあとに続く。

詰所にいた門番に茶を淹れるよう頼むと、弥一郎は板間へ芙美を促した。

「このたびは姉がお世話になりまして、誠にありがとうございました。改めてお礼申し上げます」

入り口近くの下座に腰を下ろした芙美は、供の者から受け取った風呂敷包みを開いて、中に入っていた箱を取り出した。手早く風呂敷を畳むと、箱をくるりと回して弥一郎のほうへ正面を向け、差し出してくる。

「まずは、こちらをお納めくださいませ。父からでございます」

弥一郎は仕方なく一礼して受け取った。

「過分なお心遣い、痛み入ります。お父上にもよろしくお伝えください」

芙美は満足そうに口角を引き上げた。

「泉屋官九郎どのと姉が難儀していたところをお助けいただき、先日は姉に傘まで貸してくださったとか――その上、上野までお送りくださったのでございましたわね。本当に、愚姉がご迷惑をおかけいたしました」

門番が茶を運んでくる。弥一郎と芙美を交互にちらりと見て、詰所の外へ出ていった。

よけいな気を回して出ていかずともよかったのにと思いながら、弥一郎は茶をひと口飲んだ。

芙美が連れてきた供の者は、畳んだ風呂敷を受け取って土間に控えている。

いっそ供の者も板間へ上がり、一緒に茶を飲んでくれればよいのにという思いが弥一郎の中に湧き上がってきた。

芙美と二人で向かい合っているのは気詰まりだ。

さっさと茶を飲んで帰ってくれと念ずるも、弥一郎の気持ちなどまったく意に介していない様子で、芙美はのんびりと湯呑茶碗(ゆのみぢゃわん)を口に運んでいる。

「この煎茶(せんちゃ)はとても美味(おい)しゅうございますわね。御薬園では、お茶の葉も栽培されていらっしゃいますの?」

「いや。それは馴染(なじ)みの葉茶屋から届けさせている物だ」

「さようでございましたか」

芙美は再び湯呑茶碗に口をつける。

無言で茶を飲んでいると、芙美がちらりと上目遣いを向けてきた。

何か気の利いた話でもしろと言いたげだが、そんな気を遣ってやるつもりは毛頭ない。

弥一郎はちびちびと茶を飲みながら、無言をつらぬいていた。

ゆっくりと茶を飲んでいた芙美が、やがて湯吞茶碗を茶托に戻す。

これで帰るかと思い、弥一郎は顔を上げたが、芙美は暇を告げるそぶりも見せずに、どっかりと腰を下ろしたままだった。

しばし経ってから、じれたように芙美が口を開く。

「岡田さまは、父に何かおっしゃりたいことがおありですか？」

弥一郎は「む？」と首をかしげた。

「言伝があれば、お預かりいたしますけれど」

「いや、何もないが」

即答した弥一郎に、芙美は顔をしかめた。

「このままでは、姉上のもとに新たな縁談が舞い込んでしまいますよ」

「それが何か？」

芙美は啞然とした様子で目を見開いた。

「よろしいのですか？」

「何がだ」

憮然と問い返せば、芙美は不快そうに顔をゆがめてから視線を落とした。

「このようなことを申し上げたくはないのでございますが、御薬園同心の俸禄は御徒よりも下――」

これ以上は言いづらいという表情で、芙美は口に手を当て目を伏せる。

弥一郎はまっすぐに芙美を見すえた。

「だから何だというのだ」

再び沈黙すれば、芙美は居心地が悪そうに身じろぎをする。

「きっと姉上は貧しい暮らしにも耐えられましょう。ですが泉屋で甘やかされてしまえば、御薬園には行きたくないなどと、わがままを言い出すかもしれませぬよ。姉上が今まとっている着物の値がおわかりですか？」

「さあ」

弥一郎は口の端で笑った。

おまえが今まとっている着物よりは上物だろうと言いたげな顔に見えたのか、芙美は頬を朱に染めて膝の上で拳を握り固める。

「ああ見えて、泉屋さんは商売上手でいらっしゃいますから。姉上に着物の一枚や二枚買ってさしあげる余裕があるのですよ」

「そうだろうな」

「御薬園同心には手が出せぬ代物なのではございませんか？」

弥一郎は悠然と構えて茶を飲んだ。

「着物の善し悪しくらいは多少わかるが――御薬園同心としては、やはり着物などよりも植物に目がいく。異国から渡ってきた薬草がどれだけ貴重かわかるか？　かつて八代（徳川吉宗）さまが朝鮮人参や砂糖黍を江戸で試作なさった時にも、大変なご苦労が――」

「心配ご無用！」

弥一郎の言葉をさえぎって、外から大声が飛び込んできた。

おそらく芙美が関心ないであろう植物について語りつくして圧倒し、退散させようと弥一郎は目論んだのだが、出鼻をくじかれた思いだ。

戸口を見ると、開け放しておいた戸の前に六郎太がにっこり笑って立っている。

先ほどは一緒に来るのを拒んだが、やはり様子を見にきてくれたのか。それはそれで心強いと、弥一郎は小さく安堵の息をついた。

「小石川御薬園同心、佐々木六郎太と申す」

名乗りながら板間に上がり込んできた六郎太は、弥一郎の隣にどっかりと腰を下ろした。

「芙美どのは、時枝さんの妹御と伺っておりますが」

馴れ馴れしく話しかける六郎太に、芙美は眉をひそめながらうなずいた。

「姉上に近づく男の品定めとは、芙美どのも大変なお役目を負っておられますなあ。こうして御薬園まで出向いてこられるということは、嫁ぎ先の小山家でも、時枝さんの将来をたいそう案じておられるのか」

芙美の肩に、ぐっと力が入った。

弥一郎は呆れと感心が入り混じった気持ちで、六郎太を見やる。

時枝の元許嫁の件は、先ほど六郎太に話していなかったのだが——六郎太が芙美に向けて放った言葉は、何とも絶妙な嫌みになっているではないか。

芙美の嫁ぎ先である小山家では、時枝が子を産めぬ体になったため破談せざるを得なくなったと思い込んでいるのだろうが、それは嘘だと芙美は知っている。時枝を陥れるための嘘を作り上げたのは、他ならぬ芙美自身なのだから。

六郎太は、にこにこと笑い続けている。

「あれこれ遠回しに聞き出そうとしても、弥一郎さんには通用しない。聞きたいことは、ずばりと聞いたほうがよいのだが、さすがに実入りについては弥一郎さんも答えづらいであろうから、同輩であり友であるおれが教えて進ぜよう」

弥一郎は、ぎょっと目を見開いた。

六郎太は明るく笑いながら弥一郎の肩を叩く。

「大丈夫だ。いくら心づけが懐に入ってきているかまでは、おれも知らん」

芙美に向き直ると、六郎太は真面目な顔つきになった。

「こう見えて、弥一郎さんは周囲の医師たちから非常に頼りにされていてな。養生所の医師はもちろん、近隣の町医者からも、薬草について問われることが多々ある。屋敷内に薬草園を作っている者たちから、栽培法を教えてくれと乞われることもあってな」

六郎太は心地よくおのれの自慢話をするように、ぺらぺらとしゃべり続ける。

「かつて駒場御薬園勤めの採薬師だった弥一郎さんは、諸国を巡り歩いて薬草採集の任に就いていたこともある。江戸で生まれ育った者たちが知らぬ知識を持っておるのだ。長崎帰りの町医者も、植物に関する弥一郎さんの知識には舌を巻いておったわ」

芙美は呆気に取られた様子で黙って聞いている。

「まあ、そのようなわけで、御薬園同心は俸禄が低いといっても、弥一郎さんには食うに困らぬだけの甲斐性があるぞ。楽しみといえば、安い料理屋で飯を食うぐらいのものだ。金のかかる道楽もしなければ、賭け事もせん。自分の菜園で青物を採り、自分で料理もする。玉の輿に乗りたい願望がなければ、夫とするにはなかなか優良な男だと思うがなあ」

芙美は面白くなさそうに口元をゆがめた。

「おまけに御薬園奉行さまのお身内だから、御薬園内で粗略にされることもない」

「おい」

駄目押しと言わんばかりに力強く言う六郎太の肘を、弥一郎は拳で小突いた。

「もうやめてくれ。おれの身の上は、芙美どのに関わりがないであろう」

「そうかな。芙美どのにとっては、何やら一大事のようだが」

芙美に目を向けると、聞き捨てならぬことを耳にしたと言いたげに弥一郎をじっと見ていた。

「御薬園奉行さまのお身内でいらっしゃいますの？」

「身内といっても遠縁だ。おれ自身は小石川御薬園へ来るまで会ったこともなかった。格別な計らいなど何もないぞ」

弥一郎は鋭い目で芙美を見すえた。

「何を勘違いしておるのか知らぬが、おれが新田さまに申し出たいことはない。泉屋官九郎と時枝どのは、町で偶然助けただけの相手だ。それ以上でも以下でもない」

芙美は半信半疑の表情で首をかしげる。

「岡田さまは、泉屋さんが探し出した姉上の縁談相手では――」

「ない」

きっぱりと即答した弥一郎に、芙美は目を瞬いた。困惑顔で、まだ信じられぬ様子だ。

「話が済んだのであれば、お引き取り願おう」

芙美を急(せ)き立てようと、弥一郎は続ける。

「おれも暇ではないのだ。お役目の最中であるのだからな」

六郎太が「まあ、まあ」と声を上げて、弥一郎の背中を軽く叩く。「どう、どう」と馬をなだめているような口調に聞こえて、思わずじっとりと見やれば、六郎太は「おれに任せておけ」と言わんばかりの笑顔でうなずいた。

六郎太が芙美に向き直る。

「もし仮に――あくまでも仮にの話だが――」

仮の話だと何度も念を押してから、六郎太は続けた。

「弥一郎さんが時枝さんの縁談相手だとしたら、いったいどうするというのだ。御徒の家柄ではないから、時枝さんにふさわしくないと言いたいのか？　正式に新田さまに申し入れることなど考えず、さっさと身を引いてくれという話をしにきたのだろうか」

　これまでよりも強い口調で問う六郎太に、芙美の目が一瞬たじろいだように泳いだ。

「そのようなわけでは――」

「では、なにゆえ芙美どのはここへ参ったのだ。そもそも泉屋が用意した縁談だと思うのであれば、事の真偽は泉屋に訊ねるのが筋であろう。泉屋を問いただすのであれば、時枝さんの父親である新田さまが直々に話をしてもおかしくはあるまい」

　六郎太は大げさに首をかしげながら、追い詰めるように芙美の顔を覗き込んだ。

「そもそも本日の来訪は、真に新田さまの名代か？」

　芙美は、ぎくりと肩をすくめた。新田さまに直接真意を確かめるとでも言えば、とたんに慌てふためきそうな表情だ。

　弥一郎はため息をついて口を開いた。

「姉を案じ、お節介を承知で御薬園へ乗り込んできたようにも到底見えぬ。――何が目当てだ？」

芙美の身が強張った。弥一郎の問いを口の中で転がしているように、唇を小さくわななかせる。

「目当てなど、何も――最初に申し上げました通り、わたくしは姉がお世話になったお礼をしに参っただけでございますが――ただ、姉のことは、昔から家族一同で少々持てあましておりましたので、岡田さまに何かご迷惑をかけておらぬかと心配になったのでございます」

芙美は気を取り直したように微笑んだ。

「父に何かおっしゃりたいことがおありですかと遠回しに伺ったのは、姉の愚行を他人さまに晒すことになるのではないかと気が引けてしまったからでございますわ。縁談うんぬんは、失礼ながら岡田さまの本音を引き出すための方便でございました」

芙美は笑みを深める。

「縁談相手と誤解されて岡田さまが嫌だと思われれば、はっきり否定なさいますでしょう？　その上、何かご迷惑をおかけしていたことがあれば、ご不満を打ち明けてくださるかもしれないと思いまして」

六郎太が興味を惹かれたような顔で「へえ？」と声を上げる。

芙美はすっかり自信を取り戻したような顔になった。

弥一郎は内心で舌打ちをする。ここで芙美を調子づかせるのは得策ではない。六郎太が声を上げなければ、「迷惑などかけられておらぬ。不満もない」と断言して、芙美の話を切り上げてしまうつもりだったのだ。

これ以上は話を聞くなと目で合図を送るが、六郎太はまったく気づいていない様子で芙美に向き合っている。

「芙美どのが案じておられる『ご迷惑』というのは、いったいどんなものかな」

六郎太の問いに、芙美は悲しげにうつむいた。まるで涙をこらえるように、口元に手を当てる。

「お恥ずかしい話でございますが、よいと思った物があると、すぐに欲しがるのが姉の悪い癖でございます。泉屋さんには高価な品をねだり、知人の家で目についたものがあれば譲ってくれるまで帰らず――わたくしも幼い頃から散々、玩具などを奪われてきました。大人になってからは、簪や紅や巾着を――大事にしまい込んでいた物でも、気がつけば姉が手にしているのでございます」

憂い顔で目を潤ませて、芙美は六郎太をじっと見た。

「実は、姉の破談の本当の理由は、手癖の悪さでございました。わたくしだけならよかったのでございますが、よそさまの家からも気に入った小物を勝手に持ち帰ってしまったことが幾度かございまして——新田家の恥が外に漏れぬよう、何とか穏便に済ませていただいていたのですが、ついに小山家の知るところになってしまいまして——それで姉が大病をしたため子が望めぬ体になってしまったということにして、小山家へはわたくしが嫁いだのでございます」

六郎太は「ほう」と目を丸くした。

「そんな話になっておったのか」

芙美は殊勝な顔でうなずいた。

六郎太は腕組みをしながら「いやはや」と首を左右に大きく振る。

「時枝さんに代わって、芙美どのが嫁がれたとは驚いた。なあ、弥一郎さん」

弥一郎は無言でうなずくにとどめる。

芙美は意表を突かれたような顔で、六郎太と弥一郎を交互に見た。

「ご存じなかったのでございますか？」

弥一郎は眉根(まゆね)を寄せる。

「なぜ我々が、そこまでの事情を知っておらねばならぬのだ」

芙美は口をつぐんで、何か謀でもしているかのような表情で宙の一点を睨んだ。

わずかの間を置いて、ふっと口角を引き上げる。

「では姉は、こちらで美しい植物図譜をねだったりするような真似はしなかったのでございますね？」

弥一郎は眉間にしわを寄せてうなずいた。

「時枝どのは傘を返しにきただけだ」

ふわりとやわらかい笑みを浮かべて、芙美は居住まいを正した。

「改めてそれを伺い、安堵いたしました。では、わたくしはこれにてお暇いたします」

一礼する芙美を見て、やっと帰ってくれるかと、弥一郎の肩からほっと力が抜けた。

芙美を門前で見送ると、六郎太が詰所から箱を持ってきた。芙美が持ってきた物だ。

「羊羹だったぞ」

勝手に蓋を開けて、中を見たらしい。

差し出された箱を受け取ると、弥一郎はそのまま門番に渡した。

「あとで食べるがよい」

箱を手にした門番は嬉しそうに顔をほころばせる。

「よろしいのですか？」

「構わぬ。詰所を使わせてもらった礼だ」

「ありがとうございます」

頭を下げる門番に背を向けて、弥一郎は御役宅への道を戻り始めた。

六郎太が隣に並ぶ。

「陰からこっそり様子を見ているつもりだったのだが、あのように緊張が漂う場に同席することになろうとは夢にも思わなかったぞ」

「何を申す。嬉々として飛び込んできたのではなかったか」

「いや、嬉々とまではしておらん。多少面白くはあったがな」

弥一郎は呆れた。

「どこが面白いというのだ。思いのほか疲れただけではないか」

「まあな」

六郎太は両手を空へ突き上げて、大きく伸びをした。歩きながらぐるりと肩を回して、凝り具合を確かめるように首を上下させる。

「時枝さんと芙美どのは、仲のよい姉妹というわけではないのだな。子供の頃からの確執があるようだ」

「先ほどの芙美の話を真に受けたわけではあるまいな」

「まさか」

六郎太は手首をほぐすように、手を軽く横に振った。

「弥一郎さんが言っていたように、姉を案じている姿にはとても見えなかった」

「では何をしに参ったのであろうな」

六郎太は苦笑しながら頭を振った。

「やはり女の嫉妬かな。自分の夫が、姉の元許嫁だというのだから、心中穏やかではいられまい」

「自業自得ではないか」

まだ話していなかった時枝の事情をかいつまんで話すと、六郎太は険しい顔をして唸った。

「なぜ、そこまで時枝さんを貶めるのだろうか。腹違いということで、幼い頃より複雑な思いを抱いていたのかもしれんが、やはり異様ではないか？　ここまで押しかけてくるなんて、常道を踏み外しておるだろう」

「そうだな」

「周りは何とも思っておらんのか。後妻に収まった芙美どのの母親にしたって、腹違いの時枝さんを憎く思うことはあっても、そこはぐっとこらえて、芙美どのの行いをいさめるべきだろう」

弥一郎は同意した。

「かつて採薬の旅をしている中で、さまざまな者たちを見てきた。金のためなら何でもする者、人の物を平気で奪う者――世の中には、血の繋がりがあってもわかりあえぬ親子など大勢いるのだ。自分さえよければ、あとはどうなっても構わぬという者は案外多い」

六郎太は唸った。

「無料で治療が受けられる養生所にも、貧しい者たちが大勢入所しているが――中には、賭け事に夢中になって借金を作り、実の娘を売り飛ばしたという親もいたらしいからな」

「ある村へ救荒植物の栽培を広めにいった際にも、おのれの欲のため、娘を女衒に売る者を見た」

隠密御用の最中で、弥一郎も陰鬱とした気持ちになったものだ。

過去を追い払うように、足元の小石を軽く蹴る。

「時枝さんに変化朝顔の種を持っていってやるんだろう？」

気を取り直したような六郎太の声に、弥一郎は顔を上げた。

優しげな笑みを浮かべている六郎太の後ろに、大輪の朝顔が咲いているような錯覚に陥る。

「今年の夏には、見事な花が見られるといいな」

六郎太の言葉が、じんわりと弥一郎の胸に染み入ってきた。

「そうだな」

夏の朝日を浴びて花開く変化朝顔を思い浮かべながら、弥一郎は微笑んだ。


その日の仕事を終えた弥一郎は、変化朝顔の種を懐に入れて御薬園を出た。

芙美が突然やってきたせいで、仕事を終わらせる時がずれ、思っていたより出かけるのも遅くなってしまった。

今日はもうやめようかと一瞬考えたが、せっかく行く気になったのだからと、上野へ向かって足を進める。

だいぶ薄暗くなってきた空の下を行き交う人々は、家路に就く商人たちだろうか。家人のもとへ早く帰りたいのか、みな急ぎ足だ。

不忍池近くまで来ると、すれ違う人々の様子がまた変わってくる。

盛り場へくり出そうとしているのか、陽気な顔で足取り軽く通り過ぎる男たちが多くなった。

どんどん暗くなっていく空の下、誰とも目が合わぬ気楽さの中を弥一郎は進み続ける。

不忍池から延びている忍川（しのぶがわ）の橋を渡り、下谷町一丁目へ入った。

勝手口に回ろうかと思いながら泉屋の前に立つと、中から手代が現れた。

「いらっしゃいませ。よろしかったら、どうぞ品物をご覧くださいませ」

もう間もなく閉店であろうに、愛想よく声をかけてくる。

「いや、店の客ではないのだ」

手代は首をかしげる。

いっそこの男に種を託してしまおうかと思った時、店の奥から勢いよく走ってくる足音がした。

「岡田さま！」

手代の後ろに姿を現したのは、官九郎である。

「よくぞお越しくださいました」

手代を押しのけるようにして歩み寄ってきた官九郎は、弥一郎の手を握りしめんばかりの勢いで顔を見上げてきた。

「さあさ、中へお入りください。今、酒の支度をさせますので」

「いや、今日は遠慮する。先日約束した、変化朝顔の種を持ってきただけなのだ」

官九郎はしゅんと眉尻を下げたが、すぐに笑みを浮かべた。

「時枝のために、わざわざありがとうございます。今すぐに呼んでまいります」

「いや、おまえが渡してくれればよいのだが――」

と言い終えた時、すでに官九郎の姿はなかった。店の奥へ駆け戻っている。

どたどたと廊下を駆け、さらに奥の住居へ向かっている官九郎の姿が弥一郎の頭に浮かんだ。

手代に促され、弥一郎は店内へ入る。店先で時枝と向かい合っていれば、往来で人目につき、隣近所にあらぬ誤解をされるやもしれぬという配慮だった。

ほどなくして、時枝が店に現れた。

弥一郎は懐から取り出した紙包みを差し出す。

「変化朝顔の種だ。時季がきたら、蒔くがよい。朝顔を栽培していたというから、蒔き時はわかるな？」

時枝はうなずいた。

だが、なかなか手を伸ばそうとしない。

「どうした。遠慮する必要はないぞ」

「あの――」

時枝は恐る恐るといったふうに弥一郎を見上げた。

「本日、芙美が御薬園へ行ったと伺いましたが――」

時枝は思い詰めたような表情で両手の拳を握り固めている。

芙美は御薬園を辞したあと泉屋へきて、時枝に何か言ったのだなと、弥一郎はすぐに思い当たった。

「岡田さまにご迷惑をおかけして、本当に申し訳ございませんでした」

深々と頭を下げる時枝の姿が痛々しい。

「おまえのせいではなかろう」

「ですが」

「おれは気にしておらぬ」

おろくが茶を運んできた。

「いったい芙美どのは何を言いにきたのだ？」

おろくに向かって問えば、悲しそうな微苦笑を浮かべて口を開いた。

「岡田さまは時枝のことを『迷惑だ』と怒っていらしたと――うとましがられているのにまとわりつくのは新田家の恥となるので、今すぐにやめろとおっしゃいました」

弥一郎は呆(あき)れ笑いを浮かべる。

「あやつは虚言者なのか？」

おろくはうんざりしたように頭(かぶり)を振った。

「あの方々のなさることは、わたしにはわかりかねます」

芙美の来訪をまざまざと思い出しているように、官九郎が苦々しげに通りを見やった。

「わたしどもが作ってやりました時枝の着物にも文句をつけていきましたよ。質素倹約を掲げるご公儀の意に反した贅沢品(ぜいたくひん)を身にまとうなど、武家に生まれた自覚が足りぬと――それほど華美な着物をこしらえたわけでもないのですがねえ」

官九郎はいまいましげに顔をしかめる。

「時枝のためと思い、新田家にさまざまな品を送っていた時は文句のひとつも出なかったくせに。自分の手に入らなくなったとたん、言いがかりをつけてくるとは、まったく」

官九郎は大きなため息をついた。

浅ましいものよと続けたいところだが、時枝の妹と思ってか、武家に対する遠慮のためか、言葉が続けられないといった様子だ。

時枝は申し訳なさそうな顔でうつむいている。

弥一郎は、ぐいと変化朝顔の種を時枝の手に押しつけた。

「受け取れ」

驚いたように目を見開いた時枝の手が小さく動く。思わず触れてしまったというような時枝の手に、弥一郎はすかさず紙包みを握らせた。慌てて押し戻される前に、さっと手を引く。

時枝は変化朝顔の種が入った紙包みを握りしめて、じっと弥一郎を見た。

「よろしいのですか……？」

「何がだ」

弥一郎は目を細めて口角を引き上げた。

「おまえにやるために持ってきたのだぞ」

時枝は変化朝顔の種が入った紙包みをしばし見つめたのち、ゆっくりとつぼみをほころばせていく薄桃色の花のように微笑んだ。

「ありがとうございます。大事に育てます」

弥一郎はうなずいた。

「では、おれはこれで――」

ぐっと一気に茶をあおれば、官九郎が首を横に振る。

「奥へ上がって、ゆっくりなさっていってください」

「このあと、まだ用事があるのだ」

嘘をついて店を出た。

もらい物の種をやったくらいで歓待されては、気を遣ってしまう。

官九郎、時枝、おろくが店の前にずらりと並んで、弥一郎を見送った。

「次は、ぜひまたお食事をなさっていってください」

幼子が懇願するような顔で手を合わせる官九郎に、思わず苦笑する。

次の機会など考えていないが、つい「また」と言ってしまいそうになる。

弥一郎は時枝に顔を向けた。

「花を愛でて、気が晴れるとよいな」

時枝が一礼する。

「どんな花が咲くか楽しみでございます」

「うむ」

おろくに向かって「達者でな」と言いかけた弥一郎は、官九郎の眼差しに気づいて口をつぐんだ。

今ここで「達者で」などと告げれば、「まるで今生の別れのようではございませんか！　ぜひまたお立ち寄りくださいましよ！」と騒がれそうな気がする。

三人の視線を受けながら弥一郎は踵を返し、振り向かぬまま下谷町一丁目を出た。


不忍池の前を通り、池之端仲町へ入った。

お多福で夕飯を済ませていこうかと思ったが、ふと別の店が頭に浮かんだ。

このまま不忍池に沿って進んだ先の、茅町二丁目にある「浮き島」という居酒屋だ。官九郎たちと出会った日に、ぶらりと入った店である。

伯父から店を譲られたばかりの若い料理人が切り盛りしている小さな店で「今ある食材で作れる物でしたら、何でもお作りいたします」と言っていた。

先日は、風呂吹き大根を肴に酒をちびりと飲んだが——あれは美味かった。今日ある食材でどんな料理が出てくるのか、試してみたい気持ちがどんどん大きくなってくる。

弥一郎は、浮き島へ向かって足を速めた。

暖簾に書かれた店名を確かめ、足を踏み入れると、床几も小上がりも満席だった。やはり今日はやめておくかと思ったその時、店の奥から「いらっしゃいませ」と声がかかった。

弥一郎に気づいた料理人が歩み寄ってくる。

「ちょうど席が空くところです。よろしかったら、こちらへどうぞ」

調理場近くの小上がりの隅に座っていた印半纏の男が、うなずいて立ち上がる。

「あっしは今ちょうど帰るところだったんで」

そそくさと草履に足を突っ込むと、すれ違いざまに一礼して出ていった。

「さ、どうぞこちらへ」

再び促され、弥一郎は小上がりに腰を下ろした。

「本日が二度目のお越しでいらっしゃいますね」

にこりと笑いながら、料理人が一礼する。

「勇吾と申します。今後もご贔屓にしていただけましたら嬉しいです」

「おれを覚えておったのか」

勇吾は感慨深げな表情で目を細める。

「おれの代になってから初めての日にいらしてくださったお客さまです。忘れはいたしません。――お名前を伺ってもよろしいですか？」

「岡田弥一郎だ」

勇吾は姿勢を正して弥一郎に向かい合った。

「岡田さま、ご注文はいかがいたしましょうか」

「任せる。お前の味を、いろいろと食べてみたい」

自信のほどを問うように顔を覗き込めば、勇吾はにやりと口角を引き上げた。

「かしこまりました。少々お待ちくださいませ」

勇吾はいったん調理場へ引っ込んだ。

ほどなくして、酒と肴が運ばれてくる。

「海老の白あえでございます」

見るからにぷりぷりとした海老の身だ。さっそく、ひと口頬張る。

「む、美味い――」

すぐに、するりと言葉が出てきた。

すり混ぜられた豆腐と白胡麻（しろごま）と白味噌（しろみそ）がほどよく調和して、口の中に心地よい甘みをもたらしている。控えめな味つけが、海老の風味を引き立てていた。

弥一郎の反応に嬉しそうな笑みを浮かべた勇吾は、すぐに調理場からもう一品運んできた。

「鮑（あわび）もどきでございます」

器に盛られているのは、酒と醤油（しょうゆ）で煮てから串（くし）を打ってあぶり、冷ましてから、鮑に似せて波型に切ったこんにゃくだという。別の小さな器に入れた田楽味噌が添えられていた。

弥一郎はまじまじと器の中を覗き込む。

「鮑には見えぬな」

「さようでございますね」

勇吾はあっさりと認める。

「どこの誰が考えたのかは知りませんが、さまざまな『もどき料理』があるものだと思ってお楽しみいただけましたら幸いでございます」

弥一郎は鮑もどきをひと切れ箸（はし）でつまんだ。

「もどき料理といえば、こんにゃくで作った雁もどきもあったな」

「ご存じでしたか」

勇吾が目を丸くする。

「雁の肉に見立てた雁もどきは豆腐で作られることが多いですが、岡田さまのおっしゃる通り、こんにゃくで作られることもあるそうでございます」

弥一郎は鷹揚にうなずいて、鮑もどきを口に入れた。

酒が進むようにという心配りからか、少々辛めの味つけだ。醬油のしょっぱさが舌に染み入る。が、しょっぱ過ぎるという不快はない。嚙みしめた時の歯ごたえもよく、なかなか癖になりそうだ。

添えられた田楽味噌をつけてみれば、ほんのり香る酢と、細かく刻まれた生姜が混ざっていた。なるほど、味の違いを楽しみながら、また酒が進む。

弥一郎が手酌している間に、勇吾は調理場でもう一品作ってきた。

「蛸の衣がけでございます」

ぶつ切りにした蛸の足に、うっすらと衣をつけて揚げた物である。

こんがり狐色の薄衣をまとった蛸を嚙めば、外はかりっと、中はぷりっと——醬油の下味の中には、にんにくと生姜も混じっている。

噛みやすいやわらかさの蛸には、薄い衣の下から飛び出してくるはちきれんばかりの甘みがぎゅうっと詰まっていた。

その甘みが、にんにくと生姜の利いた醤油の下味と絡み合い、挑むようにどすんと腹の底に落ちてくる。

どんどん箸が進んだ。

酒だけでなく、飯が欲しくなる。

「お次は、どじょう鍋でございます」

運ばれてきた小鍋の中を見て、弥一郎はごくんと唾を飲んだ。

丸のまま煮られることも多いどじょうであるが、一匹ずつ身が開かれて、小鍋にぎっしりと詰まっている。

まだぐつぐつと小さく波打っている醤油の汁で煮られたどじょうの上には、ふんわりとした卵とじ——さらにその上には、薄い小口切りにされた葱が載っていた。

「白飯を頼む」

思わず、そう言っていた。

どじょう鍋をそのまま食べても美味いだろうが、小鍋に満ちている汁の色やにおいからして、きっと味は少し濃いめ——白飯の上にどじょうの卵とじを載せて食べても美味かろう。

勇吾の目が、きらりと光った。まるで罠(わな)にかかった兎でも見るような目を弥一郎に向けて、にやりと口角を引き上げる。

「残った汁で、雑炊もできますよ」

弥一郎は唸(うな)った。

雑炊も捨てがたい。

だが、今は少しでも早く、どじょうと飯を味わいたい。

それに、今回はもう卵がかかっているのだ。もし雑炊にするのであれば、どじょうと葱のみを煮た鍋を味わったあと、とろりと半煮えの卵で仕上げた雑炊にするのがよいのではないか――。

「雑炊は、また次の機会にする」

勇吾が一礼した。

「ありがとうございます、では、すぐに白飯をお持ちいたします」

弥一郎は小鍋の中のどじょうを見つめて、再び唸った。

今さらりと口から「また次の機会に」という言葉が出たが、いつの間に自分は、またここへ来ようと思ったのだろうか――。

弥一郎はどじょうを一匹箸でつかみ、がぶりと口に入れた。

美味い。

やわらかいどじょうの身に、しっかりと味が染み込んでいる。開かれた身には小骨が一本もなく、非常に口当たりがよい。

次に、卵と一緒にどじょうを食べた。

「むう――」

卵の甘みが醤油の汁と混ざり合って、どじょうに優しい風味を加えている。

葱も一緒に食べれば、汁の熱さで多少しんなりとなりながらも、しゃっきりとした歯触りを残したさわやかな風味がまた新しい美味さを口の中に運んでくる。

「お待たせいたしました」

勇吾が運んできた白飯を、ひと口。

何ものにも染まっていない白飯そのものの味が、ふわりと弥一郎の口の中に広がった。

しかし、ここはやはり、どじょうの卵とじを載せて食べてみるべきであろう。

白飯だけでも箸が進みそうだ。

たっぷりと醤油の汁に浸ったどじょうの卵とじを白飯の上に載せ、どんぶり飯のようにしてかっ込む。

やはり、これも美味い。どじょうの骨が丁寧にはずされているので、白飯とどじょうが口の中で混ざり合った時の口当たりがよい。どじょうの卵とじどんぶり一品だけで飯を済ませても満足できそうだ。

白飯を頼んでよかった――。

食べる前からの予想が当たり、弥一郎は心の内で「よし」と呟いた。

勇吾が嬉しそうに目を細める。

「お気に召していただけたようで、何よりです」

弥一郎はいったん箸と茶碗を置いて、勇吾に向き直った。

「どれもみな美味かったぞ。このどじょうも、しっかりと泥抜きがされておるな。まったく泥くささを感じなかった。気になる小骨も一本もなく、一匹ずつ丁寧に開いておるのがよくわかったぞ」

勇吾は破顔した。

「ありがとうございます！」

仕事ぶりを誉められて心底から喜んでいる若き料理人に、弥一郎は目を細めた。

ゆるやかに唇の端が持ち上がっていく。

「もう少し酒をもらおう」

「はい!」

調理場へ戻っていく勇吾の後ろ姿を見つめながら、弥一郎は杯に残っていた酒を飲み干した。

次にまた来る時は、どじょう鍋と雑炊を楽しむのもよいと思いながら――。


「弥一郎さん、出かけるのか?」

一日の仕事を終え、泥のついた裁着袴(たっつけばかま)から半袴に着替えて同心長屋を出ると、六郎太に声をかけられた。

「ここ最近、よく一人で出かけているが、まさかおれに内緒で新しい女のもとへ通っておるのではあるまいな」

「馬鹿を申せ。新しい女も古い女もおらぬぞ」

「そうだよなあ」

からりと笑って、六郎太は杯を掲げる仕草をする。

「どこかに美味い店でも見つけたのか」

「まあな」

と言ってから、弥一郎は一瞬「しまった」と思った。

六郎太の明るい笑顔と軽い口調に、つい釣られて返事をしてしまったが、一人で静かに過ごせる憩いの店として、誰にも言わずにおくべきだったかもしれないという気持ちが残る。

弥一郎の小さな後悔になどまったく気づいていない様子で、六郎太は「へえ」と声を上げながら顔に喜色を浮かべた。

「残念ながら、今日おれは用事があって同行できないが――」

「別に誘ってはおらぬ」

「また次の機会に誘ってくれよ」

「……よかろう」

六郎太は満足げに手を振りながら去っていった。

弥一郎も御薬園を出て、まっすぐに浮き島を目指した。

浮き島を訪れるのは、今回でもう五度目か――いつ行っても、満足な料理が出てくる。一人でぶらりと入りやすい店の雰囲気も気に入った。

小石川を出て本郷を抜け、不忍池へ向かう坂道を下って門前町を抜ければ、そこはもう茅町二丁目である。

浮き島の暖簾（のれん）をくぐると、誰もいない店内を勇吾が片づけていた。

「いらっしゃいませ」

促されるまま、調理場近くの小上がりへ腰を下ろす。

「ちょうど客が途切れたところか」

勇吾が手にしている盆の上には、数多くの器が載っていた。

「はい。つい先ほどまで満席だったんでございますよ」

弥一郎は、ひくりと鼻を動かした。

「香ばしい醤油のにおいが漂っているが、今日は何があるのだ。牡蠣のにおいのようだが――」

「おっしゃる通りでございます。本日は、牡蠣の殻焼きがお薦めでございます」

弥一郎の喉が、こくっと鳴った。

「お召し上がりになりますか？」

迷わず、即座にうなずく。

「では少々お待ちください」

勇吾が引っ込むと、すぐに香ばしいにおいが漂ってきた。調理場の奥の勝手口のほうで、七輪を使っているのだろう。引っくり返した牡蠣の殻と焼き網のぶつかり合う音が、時折小さく響いてくる。

口の中に唾がたまっていく。

「お待たせいたしました」

やがて、焼き上がった殻つきの牡蠣がみっつ、酒とともに運ばれてきた。

「醤油をちょろりと垂らしてお召し上がりください」

言われる前に、添えられていた醤油差しに手が伸びていた。

どばっと醤油が出過ぎぬよう気をつけて、牡蠣の上にほんの数滴垂らす。ぷっくりとした白い身の上を、つつーっと醤油が滑っていく。

弥一郎は殻から身を取り出して、ぱくりと頬張った。

「熱っ――」

ほふほふと口を動かして、牡蠣の身にこもった熱を逃がしながら噛みしめる。

牡蠣からじゅわりと染み出た旨みたっぷりの汁が、少量の醤油と絶妙に混ざり合って、口の中に広がっている。

牡蠣の持ち味である、ほんのわずかな苦みと濃厚な甘さが、磯の香りとともに全身を駆け巡っていくようだ。

咀嚼した牡蠣を飲み込んで、弥一郎は思わずほうっと息をついた。

ちびりと酒を飲めば、まだ口の中に残っている牡蠣の風味と混ざり合って、かあっと熱く喉を通り過ぎていく。牡蠣の棲む海と、酒に使う米が育っている水田の景色が弥一郎のまぶたの裏に浮かんだ。

「美味いな」

思わず呟けば、勇吾が嬉しそうに口角を引き上げる。

だが、その笑みには、いつもより力がない気がした。

「どうした」

弥一郎の問いに、勇吾は目を瞬かせて首をかしげる。

「今日は元気がないようだが」

勇吾はぎくりと顔を強張らせた。

「何かあったのか」

勇吾は唇を引き結んでうつむく。

しばし黙り込んでいたが、やがて、ちらりと表戸を見て客の入りがないのを確認してから、勇吾は口を開いた。

「実は――親父が弱っているから会ってやってくれと、親父の後妻に言われましてね」

勇吾は、ふうーっと長い息をついた。

弥一郎は静かに酒を飲み、黙って話の先を待つ。

「親父とお袋は、おれがまだ七つの時に離縁したんですが、その理由ってのが、親父の酒癖の悪さと女癖の悪さだったんです」

勇吾は遠くを見やるように宙を眺めた。

「酒癖が悪いったって、暴れて物を壊したり、人を傷つけたりするわけじゃありません。ぐでんぐでんに酔って正体をなくし、ところ構わず寝ちまうんですよ。朝になって気づいたら、酒場で口説いた女の布団の中に潜り込んでいたなんてことも、しょっちゅうで」

勇吾は「はっ」と呆れ笑いのような声を漏らす。

「人当たりはいいんです。しらふの時は、女のところへも行かないし。隣近所で困っている者がいれば、声をかけて、助けてやったりもする。だから周りも『まったく、あの人は仕方がないねえ』で済ませてしまう。だけど、たまに『あたしが新しい女だ』って乗り込んでくるようなのがいたんで、お袋にとっちゃ、やっぱり許しがたいものがありましたようで。ある日、もう我慢できないと、亀戸の実家に帰っちまいました」

「おまえは父親のもとに残ったのか」

勇吾はうなずいた。

「親父は籠師だったんですが、その頃は一応、弟子を抱える親方として働いておりましてね。『勇吾はおれの跡取りだ』と強く言われて、お袋も泣く泣くあきらめたそうです。実家は農家で、食うに困ることはなかったんですが、お袋の長兄が跡を継いでいることもあって、やはり子連れで戻るのは、はばかられたようで」

勇吾は店内をぐるりと見回した。

「この店は、お袋の三番目の兄が営んでおりました。親父が後妻を迎えてから、何となく家に居づらくなったおれは、ちょくちょく伯父の店へ来て飯を食わせてもらうようになりましてね」

弥一郎は手酌して、ちろりを小さく掲げた。

「おまえも飲むか？」

勇吾は首を横に振る。

「いえ、仕事中なんで――」

だが、ちらりと表口に目を向けて、客の気配がないことを確かめると、躊躇したような目を弥一郎に向けてきた。

「すいません――やっぱり、少しだけいただいてもよろしいですか？」

弥一郎がうなずくと、店の奥から猪口を持ってくる。

酒を注いでやると、勇吾は深々と頭を下げてから一気に飲み干した。

腹の底に酒が染みたように「あーっ」と声を出すと、勇吾は弥一郎に向かってもう一度頭を下げた。

「ありがとうございます」

「もっと飲むか？」

「いえ、これ以上は――」

弥一郎は無理強いせずに、酒をひと口飲んでから、皿の上に残っている牡蠣に手を伸ばした。

醤油を数滴垂らし、殻から身を取り出して頬張ると、海の幸の旨みがじゅわっと染み出てくる。多少冷めても、じゅうぶん美味い。

「後妻になったのは、とてもいい人なんです。その人と暮らすようになってから、親父はぴたりと酒をやめました。だけど、おれの中には、どうしてもっと前に酒をやめてくれなかったのか――どうしてお袋との暮らしをもっと大事にしてくれなかったのか――そんな思いが、ずっと消えなくて――だから籠師の修業を始めろと言われた時、親父に逆らって家を飛び出して、この店の二階に転がり込みました」

弥一郎は牡蠣を食べながら、勇吾の話を黙って聞いていた。

「親父もおれに負い目を感じていたようで、連れ戻されることはありませんでした。おれの転がり込んだ先が、お袋の兄のところだったんで、顔を出しづらい気持ちもあったんでしょうね。伯父はやもめ暮らしで、子供もいなかったんで、おれが修業に出るまでの間は、男二人の気楽な暮らしをしておりました」

「ほう、修業に出たのか」

勇吾は胸を張って「はい」と答えた。

「伯父も基本は教えてくれましたが、『料理人としてやっていきたいんなら、ちゃんとした店で仕込まれてこい』と言って、伯父が昔世話になった兄弟子たちに頼んでくれたんです。まずは日本橋の魚河岸(うおがし)の近くにある料理屋で働かせてもらって、その次は浅草のどじょう屋、次は品川(しながわ)の小料理屋で——というふうに、何軒かで学ばせてもらいました」

弥一郎は納得した。

「そのような経験があったゆえ、先月から一人で店をやることになっても大丈夫だったのだな」

勇吾は照れたように後ろ頭をかく。

「伯父のもとを長く離れていたもんで、近所の人たちも最初は『本当に大丈夫か』と怪しんでいたらしいんですが、おかげさまですぐに味を気に入ってもらえたようです。あちこちに、この店を薦めてくれているようで」

弥一郎はうなずいた。

「おれがここに戻ってきたという話は、親父のもとへも届いたようで、今日の店開け前に後妻が突然やってきて『あの人に会ってやってくれ』と言うんですよ」

「父親が弱っていると申しておったが、病に罹ったのか？」

勇吾は首を横に振った。

「ただ元気がないってだけのようです。籠作りの仕事は、けっきょく弟子に跡を譲って隠居したらしいんですが、年を取ってから昔を思い出すことも多くなったようで――たまに、おれの話が出るらしいんですよ。それで後妻が、ちょいとお節介を焼いたってわけです」

空になった猪口をずっと手にしていた勇吾は、それをもてあそぶように、握り込んでいた指を動かした。

「この店をおれに譲った伯父は、前々から『隠居したら箱根に住んで、毎日温泉につかるんだ』と申しておりました。夢物語かと思っていたんですが、まさかの本気でして——何でも、昔一緒に修業した仲間が営んでいる大きな料理屋で、若手を育てる手伝いをしてくれと頼まれたそうなんですが——おれに老後の面倒をかけまいとする、親心ならぬ伯父心だったのかもしれません」

「箱根の料理屋というのは、真にある店なのか？」

弥一郎の問いに、勇吾は即うなずいた。

「伯父のことは心配するなという手紙を、先方からいただきました。おれが修業させてもらった店の親方たちにも聞いたんですが、伯父の話はおおむね本当のようです」

弥一郎は酒を舐めながら、ちらりと勇吾を見た。

「おおむね——というのは？」

勇吾は顎に手を当て小首をかしげる。

「親方たちが言うには、その修業仲間の妹って人も箱根にいるらしいんですが、実はその人に昔、伯父が惚れていたというんです。片恋で、伯父はその人に自分の気持ちも伝えなかったようなんですが、子育てを終えたその人も同じようにやもめになって、伯父の修業仲間である兄さんのもとへ身を寄せていると知って、ますます箱根へ行く気になったようで——」

勇吾は苦笑する。

「親方たちは『若き日の恋の熱を思い出しちまったんだろう。冷たくあしらわれたら、江戸へ舞い戻ってくるかもしれねえぞ。二人とも今は独り身なんだから、放っておけ』なんて言って笑っていましたが、どうもおれには伯父の恋なんて想像ができなくて」

弥一郎も苦笑した。

親の世代の色恋事など、若い勇吾にとってはやはり思い浮かべることができないものなのだろう。身内の恋を想像するとなると、まったくの他人事とは思えぬ気恥ずかしさもあるのかもしれない。

「伯父の老後の面倒はおれがしっかりと見るつもりだったんですが、箱根に想い人がいるなんて聞くと、頭ごなしに伯父を止めることができなくて。けっきょく『いつでも帰ってきてくれ』と言って、送り出してしまいました」

弥一郎は微笑みながら、皿に残っていた最後の牡蠣を食べた。

ふっくら甘くて、ほんの少しだけほろ苦い――それはまるで、過ぎし日の叶わなかった恋のような――。

「お袋は亀戸で新しい所帯を持って、相手の連れ子たちとも仲よくやっていたそうなんですが、三年前に風邪をこじらせて亡くなりましてね。お袋が実家に戻ってからは、しょっちゅう行き来をしていたわけでもありませんでしたので、おれは連れ子たちとのつき合いもほとんどありません。親父の後妻は、なぜかそんな事情も知っておりまして、おれと親父の再会に何の支障もないと踏んだようです」

勇吾は皿の上の牡蠣の殻をじっと見つめた。

「今さら会うつもりはないと断って、すぐに後妻を帰したんですが――よりによって、牡蠣を仕入れた日に来るだなんて――」

勇吾は切なく目を細める。

「親父も牡蠣が好きだったんでございますよ。そんなことを思い出しちまったら、今日は何だか――」

弥一郎は無言で手酌して酒を飲んだ。

勇吾が気を取り直すように、ぺちりと自分の頬を両手で叩く。

「つまらねえ話をしちまって、申し訳ございません。牡蠣の他にも、何かお召し上がりになりますか？」

弥一郎はうなずいた。

「任せるゆえ、何か適当に作ってくれ」

「かしこまりました」

勇吾が調理場へ戻っていく。

弥一郎は料理が運ばれてくるのを待ちながら、食べ終えた牡蠣の殻をぼんやりと眺めた。

ふと、時枝の顔が頭に浮かぶ。

勇吾とは事情が違えど、家族の確執はどこにでもあるのだと——そして、きっといくつになってもしこりは残るのだと、哀れに思った。


御薬園の門番が同心長屋に飛び込んできたのは、浮き島で勇吾の話を聞いた日の翌朝である。

「岡田さま！　今すぐ門前までいらしてください！」

朝食後の茶をゆったりと飲んでいた弥一郎は眉間にしわを寄せて立ち上がった。

「何事だ、騒々しい」

このところの天候を振り返れば、強風などで薬草が倒れたとは考えにくい。昨日、薬草畑を見回った折には、根腐れの気配も皆無だった。

まさか、害虫が大量に発生して、一夜で葉をすべて食い荒らされたのではあるまいなという考えが一瞬ちらりと頭をよぎったが、弥一郎を呼びにきたのは門番なので、それもないとすぐに思い直す。もし栽培している薬草に異変があったならば、弥一郎のもとへ駆けつけてくるのは、畑仕事に従事している荒子(あらしこ)のはずなのだ。

「早く変化朝顔の種を寄越(よこ)せと、町人たちが騒いでおります」

「何だと!?」

弥一郎は眉根(まゆね)を寄せて門番を見た。

「いったい、どういうことだ。詳しく申せ」

門番は混乱しているような顔でこめかみに手を当てる。

「町人たちが申すには、岡田さまが大変貴重な変化朝顔の種を無料(ただ)で分け与えてくださると――」

「馬鹿な」

弥一郎は思わず門番をさえぎって声を上げた。

「そんな話、おれは知らぬぞ」

門番は困りきった表情で両手を組み合わせる。

「ですが、みな口をそろえて同じことを申しておるのです。『小石川御薬園の岡田弥一郎さまが、世にも珍しい変化朝顔の種を配ってくださる。その変化朝顔を育てて売れば、大金が手に入るはずだ』と――」

門番の後ろに、六郎太が姿を現した。どうやら六郎太の住居まで、門番の声が届いていたようだ。

「弥一郎さん、とにかく門前へ行ってみよう」

「そうだな」

六郎太と並んで門前まで駆けた。門番もあとから息を切らして走ってくる。

閉じられた門の向こうに、ずらりと町人たちが並んでいた。

素早く数えると、十一人――いや、町人たちの後ろに、武士も一人並んでいる。

町人たちを見張っていた門番が、弥一郎の顔を見て安堵したように息をついた。

「岡田さま――」

門番の発した声を聞いて、町人たちが一斉に騒ぎ出した。

「あれが岡田さまだってよ！」

「やっと変化朝顔の種をもらえるのか」

「早く種を植えてみてえなあ」

弥一郎は目をすがめて、鋭く町人たちの顔を見回した。町人たちは気圧されたように、ぴたりと口をつぐむ。

弥一郎は悠然とした足取りで門の外へ出た。すぐ後ろを六郎太と門番がついてくる。

町人たちの前に立つと、弥一郎は腹の底から声を発した。

「岡田弥一郎である。おれが変化朝顔の種を配ると、どこで誰に聞いた⁉」

町人たちは顔を見合わせてから、一斉に列の後方を見た。

「おれは、あの方から――」

「おれもだ」

「おれも上野町二丁目の居酒屋で、あの方から聞いたぞ」

町人たちの視線を一身に浴びた武士が、うろたえたように小さく一歩下がった。が、町人たちの視線に押し負けては武士の恥と思ったのか、すぐにまた前へ一歩出た。

弥一郎は武士の目をじっと見つめる。

身なりからして下級武士――上野町界隈の居酒屋に出入りしているとなれば、おそらく御徒か――。

上野町二丁目は、御徒の住まいが多く集まっている場所のすぐ近くなのである。

先日御薬園に押しかけてきた芙美の、いかにも裏表のありそうな笑顔が、弥一郎の頭に浮かんだ。

芙美は御薬園を辞したあと、その日のうちに泉屋へ行って、時枝に会っている。弥一郎が時枝のことを迷惑がり、怒っていたと、嘘をついたのだ。弥一郎にまとわりつくのは新田家の恥となるのでやめろとまで言ったというのだから、相当な剣幕だったはずだ。

時枝の気性では、芙美に言い返すことができずに、じっとうつむいて耐えていたのかもしれぬ。

が、しかし、官九郎が黙って見ていたとは思えない。

おそらく、時枝をかばうため、弥一郎が変化朝顔の種を時枝にやると約束したことを話したのであろう。

そして芙美は、今回の嫌がらせを思いついたに違いない。

「岡田さま、早く変化朝顔の種をくだせえ」

町人たちから不満の声が上がる。

「おれたち、ずっと待っているんですよ」

「早いもん順かもしれねえっていうから、朝っぱらから小石川までやってきたんです」

弥一郎は町人たちを一瞥した。

「おれは変化朝顔の種を配るなどとは、ひと言も申しておらぬぞ」

町人たちが同時に「ええっ」と声を上げる。

「そりゃねえぜ！」

「おれなんか、今日は商売を休んできたんだぜ」

弥一郎は丹田に、ぐっと力を込める。

「黙れ！」

弥一郎の一喝が周囲に響き渡った。

「ここはご公儀の御薬園であるぞ。門前で騒ぎを起こして、ただで済むと思うておるのか!?」

鋭い殺気を放てば、町人たちはみな一斉にびくりと身をすくめる。

弥一郎は門番を振り返った。

「ここに集まった者たちの身元をすべて控えろ。さらに詳しく事情を聞いて、ご公儀へお報せせねばならぬ」

門番が「はっ」と返事をして、懐から小さな帳面と矢立を取り出した。

町人たちは寄り集まって、ひそひそと話をしている。

「何だよ、これ。無料(ただ)で変化朝顔の種をもらえるってのは、嘘だったのか？」

「いや、だって、あの侍がよ」

「名前なんか控えられたら、どうなっちまうんだよ。あとから厳しいお叱りがくるのか⁉」

門番が町人たちの前に立つ。

「では一人ずつ、名と住まいと職業を――」

門番が言い終わらぬうちに、町人たちは弾(はじ)かれたように一斉に駆け出した。

「種はいりません！」

「もう二度と参りませんので〜っ」

振り向かずに叫んで、あっという間に姿が見えなくなる。

一人ぽつんと残った武士は苦しそうな顔で両手の拳(こぶし)を握り固め、直立不動の姿勢になっていた。

自分も逃げたかったが、町人たちと一緒になって慌てふためき御薬園を離れては、武士の恥となる――そう思いながら、弥一郎たちの前に立ち続けているようだった。

「それがしは井谷蔵之介(いたにくらのすけ)と申す者――もうお察しやもしれませぬが、上野町二丁目の近くに住んでおります、御徒でござる」

観念したような表情で、やがて武士が名乗りを上げた。

「小石川御薬園同心の岡田弥一郎という御仁が、本日早朝より御薬園に集まった者に対して変化朝顔の種をお配りになると聞きおよび、参上した次第でござる」

弥一郎は井谷の真正面に立った。

「それがしが岡田弥一郎でござるが、変化朝顔の種を配るなどという話をした覚えは一切ござりませぬ」

井谷はすがるような目を弥一郎に向けた。

「ですが、すでに分け与えた者がおると聞きました」

弥一郎は「ほう」と片眉を上げる。

「誰に、何を聞きました？」

井谷は目を伏せる。

「それは――その――小山どのに――」

「小山どのとは？」

芙美の夫だとすぐにわかったが、弥一郎はすっとぼけて問うて、井谷の様子を窺った。

「同じ御徒の、小山徳之進どのでござる。それがしは以前から変化朝顔を育ててみたいと思っておったのですが、種を入手する伝手がなかったのです。それを知った小山どのが、岡田どのの話をそれがしに――」

井谷の顔には後悔の色が濃く浮き出ている。

「岡田どのは、小山どのの知人にも種を分け与えているので、きっとそれがしにも種をくださるであろう――種が欲しくて御薬園を訪れた者には、気前よく無料で渡しているらしい――さすがは御薬園同心、江戸の町にもっと朝顔栽培を広めようというお考えで動いておられる――と言われ、つい真に受けてしまったのでござる」

井谷は悔しそうに拳で自分の腿を叩いた。

「そんな都合のよい話はあるはずがないと、もっと冷静に考えるべきでございました。念願の変化朝顔の種が手に入ると思い込んで浮かれてしまい、愚かにも酒場で町人たちに話してしまったのです」

井谷は両手で顔を覆って嘆いた。

「小山どのは何か勘違いをしておったのか――いや、それとも――悪ふざけにしても、ほどがある」

弥一郎は、じっと井谷を見つめた。

言い逃れをするため、徳之進に騙された芝居をしているようには見えぬ。

おそらく井谷は、本気で変化朝顔の種をもらえると思って来たのであろう。あまり人を疑ったことのない人物のようだ。

芙美の夫である小山徳之進は、井谷のような者を騙して楽しむような男なのか。それとも、徳之進も芙美に何らかの嘘を吹き込まれて、真に受けてしまったのか。

どちらにしても、浅はかな男だ。

時枝との縁談を破談にして、時枝の妹の芙美を娶（めと）った経緯（いきさつ）からしても、信用ならない。

なぜ徳之進は、芙美の嘘を見抜けなかったのか。

芙美とその母親の浅はかな奸計（かんけい）にまんまと乗せられ——または自ら乗って時枝を捨てたのであればなおさら、今回の種騒動に加担したことは許しがたい。

時枝を蔑（さげす）む芙美の顔が、再び弥一郎の頭に浮かんだ。

先日すげなく御薬園から帰されて、弥一郎に憎しみを抱いたのか。

時枝にも迷惑がかかるとは思わなかったのか。いや、むしろ時枝に迷惑をかけたくて、今回の馬鹿げた話を考えたのか。

根性がねじ曲がっている女だ。

幼い頃から、こうして悪知恵を働かせて、時枝を虐げ続けてきたのだろう。

弥一郎の胸の中で、蠟燭のようにゆらりと怒りが揺れ動いた。

時枝に対する仕打ちからして、芙美という女は、相手が弱者と見ればとことん踏みつけようとする気性の持ち主だ。母親から引き継いだ性か——いや、それとも、時枝を蔑ろにする母親を見て育ったためか——。

どちらにしても、おのれの優越を保つため、相手を弱者のままにしておかなければ気が済まないのだろう。

もし踏みつけている足を振り払い、気力を振りしぼって立ち上がろうとするのならば、全力で潰す。いずれ脅威になるやもしれぬ芽を摘んでおく労力は厭わないのだ。

愚かな——。

けっきょくはおのれに自信がないから、相手を引きずり下ろさねば気が済まぬのだ。自力で高みに上がっていく気構えなど、微塵も持ち合わせておらぬ。

自分はすべてを心得ており、弱者など意のままに従わせることができると高をくくっているのだろうが、相手の力量を見極める力も持ち合わせておらぬのだ。

弥一郎に対しても攻撃してきた——。

思わず短く失笑する。

を吐き出した。

怒りの炎に身を任せながらも、頭は冴え冴えとした状態を保ちながら、静かに息

弥一郎は口角を引き上げる。

井谷が、びくりと肩をすくめた。

「見くびられたものだな」

少し厳しい顔を作り、改めて井谷を見下ろす。

「今後は不確かな話を鵜呑みになさらぬように。こたびの話が、万が一にも御薬園の薬草を配るなどという話にすり替わって広まっていれば、何となさいます。噂話というものは、どこでどう変わっていくかわからぬものでございますぞ」

井谷は殊勝な顔で頭を下げた。

「岡田どののおっしゃる通りでございます。朝顔の話となると、見境がなくなってしまいまして——まったく迂闊でございました」

「わかってくだされればよいのです」

弥一郎は表情と声音をやわらげた。

「朝顔がお好きなのですな」

井谷は身を硬くしたまま大きくうなずいた。

「他の御徒と同様に内職で育てておりますが、暮らし向きのためと言いながら、半分以上は趣味のようなものでござります。蒔いた種が芽を出して、すくすく育っていくのを見るのは、真に楽しいものです」

朝顔を語る井谷の体から、少しずつ力が抜けていく。

「花を育てるのは、子供を育てるようなもの。厳しくし過ぎても、甘やかし過ぎても駄目。その按配が難しいのでござるが、おのれがしっかり世話をしなければ死んでしまうと思い、日々栽培に励んでおりまする」

「そのお気持ちはよくわかります。それがしも御薬園同心でございますれば」

まるで希望の光を見たように、井谷は微笑んだ。

「植物は大変美しいものです」

井谷の言葉に、弥一郎は同意する。

「育てる苦労が大きければ大きいほど、見事に花が咲いた時の喜びもひとしおでございますな」

「おお、まさに」

井谷の目が輝いた。

「満開の頃はもちろんのこと、つぼみもとても愛らしい。葉も、ぽちょりと芽を出したばかりの頃はまさに生まれ立ての赤子のようで、何としても守ってやらねばという気持ちが湧いてきます。御薬園同心は、毎日数多くの植物に囲まれるお役目。いや、真にうらやましい」

弥一郎は瞑目して、小さなため息を漏らした。

「ですが右腕を怪我して以来、思うように畑仕事ができず、この御薬園の足手まといになっております。それが大変心苦しい」

井谷の目に同情の色が浮かぶ。

「何と――そのような事情がおありでございましたか」

慰めるように、井谷は弥一郎の顔を覗き込む。

「なれど御徒と違い、御薬園同心はお役目で刀を抜く必要がございませぬ。御薬園同心は、きっと岡田どのに与えられた天命なのでござりますよ」

井谷は姿勢を正すと一礼した。

「このたびは、ご迷惑をおかけして誠に申し訳なかった。こたびの件は、大事にしないでいただければありがたい」

弥一郎は鷹揚にうなずく。

「承知いたしました。残念ながら、こたびは変化朝顔の種をお分けすることができませぬが、今後も朝顔栽培にお励みくだされ」

井谷は顔を上げると、きりりと顎を引いた。

「感謝申し上げる。では、それがしはこれで――」

帰っていく井谷の後ろ姿を眺めていると、六郎太が隣に並んで顔を覗き込んできた。

「弥一郎さん、さっきのはいったい何だ？　右腕を怪我したといっても、畑仕事は立派にできているじゃないか。弥一郎さんが御薬園の足手まといなら、おれはどうなる」

「さあな」

弥一郎はにやりと口角を引き上げて踵を返し、門の中へ戻った。

「おい、待ってくれ。井谷さまに嘘をついた理由を教えてくれよ。やはり御徒の小山さまを警戒して、わざと隙を与えておいたのか？」

弥一郎は歩きながらうなずいた。

「井谷さまは悪気なく、ぽろりとおれの腕の話を口にしてしまいそうだからな」

「なるほど。純粋な御仁を利用したのか」

「人聞きの悪いことを申すな。いずれ降りかかってくるやもしれぬ火の粉を払うための備えをしただけだ」

「仕込みは大事だからな」

六郎太が腕組みをして唸る。

「そのうち一悶着が起こるかもしれんのなら、当分の間は弥一郎さん一人で出歩かぬほうがよいな。御薬園の外へ行く時は、必ず、おれを連れていけ」

弥一郎は横目で六郎太を見やった。

「何だ、それは」

「おれがついているほうが安心だろう。小山さまがどんな人物かは知らんが、御徒はお役目上かなり鍛えているらしいからな」

本当に頼りになるのかと笑いながら、弥一郎は空を仰いだ。

澄み渡った青の美しさが目に染みる。

「何事もなければ、それに越したことはないのだがな」

呟いた弥一郎の声をかき消すように、ピィーッと甲高く鳥が鳴く。

弥一郎の頭に、芙美の顔がちらついた。

自分の思い通りに事を運ぶためなら誰かを陥れてもよいという性根が、そう簡単に直るとは思えない。

おそらく芙美は夫とともに、再び何かを仕かけてくるだろう。今日の一件で弥一郎が痛手を受けていないと知れば、歯嚙(はが)みして悔しがるはずだ。

弥一郎は青空を見つめて目を細めた。

人の心というものは、どうして常にこの青空のように澄み渡っていられぬのかと、少々情けなく思う。

そして同時に、時枝を案じた。

弥一郎にまで向けられた芙美の悪意が、再び時枝を苦しめてはいないだろうか——。

いっそ他人であれば、すぱっと縁を切ることもできるであろうが、身内となれば、完全に関わりを断つことは難しい。

温かな祖父母のもとで守られながら、時枝が心穏やかに過ごせていればよいがと、弥一郎は思った。

薬草畑に着くと、荒子(あらしこ)たちが前日に指示しておいた仕事をすでに始めている。

今は気を引きしめて、与えられたお役目に気を集めねばならぬと胸の内でおのれを叱咤(しった)して、弥一郎も薬草畑に足を踏み入れた。

第四話　友の味

菜園を取り囲む木々の向こうから、ホーホケキョと鳴く鶯の声が聞こえてきた。

優しげに輝く夕日の下、畝にかがみこんで青物の様子を見ていた弥一郎は顔を上げる。

先ほど鶯が鳴いたのは、神田の方角か——。

春に「ホーホケキョ」と鳴くのは雄である。縄張りを守る時や、雌に求愛する時のさえずりだといわれている。

良太を思い出した。

弥一郎は立ち上がり、神田の方角へ体を向けた。

はなと良太が喜楽屋を継いでから、もうひと月以上が経つ。二人の暮らしぶりも落ち着いた頃だろう。

「そろそろ会いにいってみるか……」

ホーホケキョ。

まるで良太が「待ってるぞ」と返事をしたように、鶯が再び鳴いた。

「おーい、弥一郎さん！」

振り向けば、菜園に続く小道を六郎太が歩いてきていた。

「捜したぞ。ここにいたのか」

畝の前で立ち止まった六郎太は、心なしか元気のない顔をしている。

今日の仕事で何かあったのだろうか――。

しかし目が合うと、六郎太はいつものように明るい表情になってにっこり笑った。

「今日は弥一郎さんのお薦めの店へ行こう」

「何だ、藪から棒に」

「今日はどうしても弥一郎さんと飲みたい気分なんだ」

弥一郎は躊躇した。

「何だ、用事でもあるのか？」

「うむ――」

だが、喜楽屋へ行こうと思っていたのだとは言いづらい。「おれも一緒に行く」と言われたら、困ってしまう。

はなと良太と三人そろって顔を合わせたことは、まだ一度もなかった。六郎太を喜楽屋へ連れていくのは、またの機会にしたい。

六郎太は後ろ頭をかきながら弥一郎の顔を覗き込んできた。

「どうしても今日でなければ駄目な用事なのか？　折り入って相談があるんだが——」

「相談？」

まじまじと顔を見れば、もじもじと指を動かしている。

弥一郎は眉をひそめた。

「どうした、何かあったのか」

「あとで落ち着いて話したい」

弥一郎の視線から逃れるように、六郎太は顔をそむけた。

よほど深刻な事態が起こったのかと探る目を向けるが、六郎太の表情には何やら照れのようなものが浮かんでいる。

ひょっとして仕事ぶりを上役に褒められでもしたのか、それとも植物図譜を刊行する話でも舞い込んだのか——。

弥一郎は神田の方角へちらりと目をやって、小さくため息をついた。

「お多福でなくともよいのか？」

六郎太が目を輝かせて弥一郎の顔を見る。

「おう！　むしろ、お多福でないほうがいいんだ。先日弥一郎さんが見つけたという、浮き島という店へ行こう」

お多福でできない話とは、いったい何だ――。

怪訝に思いながらも、弥一郎はうなずいた。


御薬園を出た弥一郎と六郎太は浮き島を目指した。

「おい、どこへ行くんだ。いつもと道が違うぞ」

右へ曲がった弥一郎の肩を、六郎太がつかんだ。

「浮き島は茅町二丁目にあるんだろう？　お多福がある池之端仲町の手前ではないか。不忍池のほうを目指すのに、なぜこっちを通るんだ。遠回りだろう」

弥一郎はうなずいて、そのまま足を進めた。

「おい、弥一郎さん」

不満げな声を出しながらも、六郎太はついてくる。

「どんどん道が狭くなるぞ」

「よいのだ」

六郎太はきょろきょろと辺りを見回した。

弥一郎は口角を引き上げながら路地裏を行く。

しんと静まり返った武家地である。

塀に囲まれた家と家の間の小道には二人並んで歩ける幅がないところも多く、人っ子一人いない。

「大丈夫か？」

後ろを歩いている六郎太が不安げな声を出す。

「もし万が一にもここで御徒（おかち）に襲われたら、袋の鼠ではないか」

「いったいどうやって袋を作るというのだ？」

弥一郎の言葉に、六郎太は一瞬黙り込んだのち「あっ」と声を上げた。

「何人がかりで敵が来ても、ここなら、相手にするのはいっぺんに一人ずつだな」

弥一郎はうなずく。

「忍びの者のように、塀の上へ跳んだりして攻撃してくれば厄介だが、相手が並の者であれば、一人ずつ対峙（たいじ）すればまず負けまい」

「そうか、互いに背中を預け合って戦えばよいのだな！」

「中山道などでは、常に人目の中を行く」

六郎太は納得したような唸り声を上げた。

「人通りのある場所と、ない場所を、上手く使い分けるのだな」

「そうだ」

だが、御徒衆が徒党を組んで襲ってくることはなかった。

先日の種騒動が失敗に終わり、そろそろ腹いせをしにくると思っていたのだが――。

けっきょく何事もないまま、浮き島に着いた。

「いらっしゃいませ。今日は、お連れさまもご一緒で」

勇吾に案内され、弥一郎は小上がりの奥へ腰を下ろした。

「おれの同輩の佐々木六郎太だ」

六郎太は人好きのする笑みを浮かべる。

「よろしく頼む。弥一郎さんが贔屓にする店なので、期待してきたぞ」

勇吾も笑いながら頭を下げる。

「ありがとうございます。佐々木さまにもご贔屓をいただけましたら嬉しいです」

勇吾は顔を上げると、弥一郎に向き直った。

「ご注文はいかがいたしましょう」

「任せる。六郎太も好き嫌いはない。まずは酒をくれ」

「かしこまりました」

一礼して調理場へ戻っていく勇吾の後ろ姿を眺めながら、六郎太は「へえ」と感心したような声を上げた。

「いつも、お任せなのか？」

「たいていは、そうだな。何を出されても美味い」

すぐに酒と小鉢が運ばれてきた。

小鉢の中には、あさりのむき身と小松菜の煮浸しが入っている。

お手並み拝見と言わんばかりに、六郎太がすぐ箸をつけた。

ぱくりと口に入れて、もぐもぐと嚙みしめる。

「うーんっ」

大きく唸りながら、六郎太は目を見開いた。

「美味いぞ！」

調理場に向かって声を張り上げると、勇吾がひょこっと顔を出して一礼した。

弥一郎も煮浸しを口に運ぶ。

あさりと小松菜の甘みが優しい醤油の味と絡み合って、口の中に広がった。それぞれの味がおのれを主張し合いながらも、きちんと調和されている。

勇吾が続けて料理を運んできた。

烏賊の刺身、焼き大根、豆腐田楽、こんにゃく田楽、鴨の小鍋立て――。

六郎太が、ごくりと喉を鳴らした。

「鴨の肉とは、滋養がつきそうだな。一緒に煮込まれているのが葱だけというのも、またいい」

「お好みで、七色唐辛子をどうぞ」

勇吾は一礼して、すぐに調理場へ戻っていく。弥一郎と六郎太の話の邪魔をせぬようにという配慮が感じられた。

店内の客はまばらで、少々離れた場所にある床几で飲んでいる男が三人いるだけである。

六郎太が烏賊の刺身に煎り酒をつけて頬張った。

「むっ――ものすごく甘いぞ」

弥一郎も頬張る。

口の中に入れた瞬間まず甘さが――そしてすぐにやわらかな嚙み心地が訪れた。

噛みしめるほどに、烏賊の甘さが増すようだ。煎り酒の塩梅もちょうどいい。

烏賊を飲み込んで、酒を口に含むと、得も言われぬ幸福感が胸に広がった。

仕事を終えたあとの心身が心地よくほぐれていく。

六郎太がゆるりと首を回した。

小鍋から鴨肉をひと切れ取って食べ、感嘆の息をつく。

「しっとりと、やわらかい。醤油の味も、濃過ぎず薄過ぎず――なぜ、こうも上々の仕上がりなのだ」

弥一郎も鴨肉を食べて、目を見開く。

しっかりと鴨の風味を感じるが、くさみはなく、ほどよく醤油が染み込んだ澄んだ味わいだ。かなり丁寧に、あくを取ったのか――。

弥一郎は葱も頬張った。

鴨から出た脂と醤油が混ざり合って、ぶつ切りにされた葱を包み込み、芯にまで染み込んでいる。噛めば、その汁が葱からじゅわりと飛び出してきた。ちょうどよいしょっぱさと、葱の甘みが、弥一郎の口の中を縦横無尽に駆け巡る。

無言で咀嚼して、飲み込んだ。

小鍋の中をじっと見つめれば、葱にはほんのりと焼き色がついている。焼くことで、よりいっそうの甘みと香ばしさを引き出したのか――。

手酌して、ごくりと酒を飲んだ。

美味い。

六郎太が、ほうっと息をつく。

「弥一郎さん、いい店を見つけたな」

「うむ」

二人同時に豆腐田楽へ手を伸ばした。

「それで、相談とは何だ」

豆腐田楽をかじっていた六郎太が一瞬、動きを止めた。

「弥一郎さん、今それを聞くのか？」

「そのために、おれを誘ったのであろう」

いつもであれば、自分からあれこれ話してくる六郎太である。喜び事であれば、とっくに語っているはずだ。言いづらいのであれば、こちらから聞いてやるしかあるまい。

六郎太は神妙な顔で、栗鼠（りす）のように豆腐田楽を嚙み続けている。

弥一郎も豆腐田楽をかじりながら、六郎太が口を開くのを待った。

「実はな——」

豆腐田楽を食べ終えた六郎太が居住まいを正した。何度か咳払いをしてから、弥一郎の顔をじっと見る。

「好きな女ができた」

弥一郎は目を瞬かせた。

まさか女の話だとは思わなかった。

だが、六郎太の周りに妙齢の女などいただろうか。

いや、若いとは限らぬ。ひょっとしたら寡婦か、いかず後家ということも——。

弥一郎は、はっとした。

「時枝か⁉」

妹に許嫁を取られた、無器用な女——。

時枝の顔が頭に浮かんだら、もう六郎太の好きな女は時枝だとしか思えなくなった。

だから今日、六郎太はお多福を避けたのかと納得する。

お多福へは時枝も出入りしている。酒飲みが集まる夜に時枝が訪れることはないはずだが、古道具の件で昼間に訪れる見込みはじゅうぶんにあるだろう。

時枝と繋がりを持ちたいのであれば、おふくに助力してもらうのも手だ。おふくであれば、さりげなく時枝と同席できる機会を上手く作ってくれるかもしれない。

弥一郎が泉屋で食事を振る舞われたといっても、それはあくまでも、以前助けたことに対する礼なのだ。六郎太も一緒に泉屋で食事をさせるよう、ねだる真似はできない。

また、弥一郎の名で時枝を呼び出すといっても、男と女なので、周りに妙な誤解を与えかねない。

「呼び出すなら、やはり女は女同士だ。恥ずかしがらずに、お多福へ行って、おふくに助力を乞うしかないであろう」

「ちょっと待ってくれ、弥一郎さん」

気がつけば、六郎太が弥一郎の顔の前で手を横に振っていた。

「妙な誤解をするな。おれが惚れた相手は、時枝さんではないぞ」

弥一郎は首をかしげる。

「では誰だ？」

「弥一郎さんの知らない女だ」

「そうか」

弥一郎は、ほっと息をついた。

その直後、今度は「はっ」と小さく息を呑む。

なぜ、おれは今ほっとしたのだ——。

「相手は、堀井正蔵さんのご内儀の、年の離れた従妹でな。お多福だと、堀井さんと顔を合わせる恐れもあるので、今日のところはやめておいたんだ」

六郎太の声に、弥一郎は我に返った。

「その女は、千恵どのというのだが——堀井さんが持っている植物図譜を見せてもらいにいって、見初めた」

弥一郎に最初に変化朝顔の種をくれたのが、堀井である。

「堀井さんは植物好きだからな。植物図譜も数多く入手しておるのであろう」

六郎太がうなずく。

「庭には薬草のみならず、さまざまな花が植えられている。おれもたまに植物日記を持参して、植物談義に花を咲かせているんだ。昼間であれば、時折遊びにきている千恵どのが堀井さんのご内儀と一緒に、茶菓子などを運んできてくれることもある」

弥一郎は杯を傾けながら「ほう」と声を上げて、六郎太の顔を見やった。

「では相手も憎からず思っておるのではないか。でなければ、わざわざご内儀と一緒に茶菓子など出すものか。縁談を調えたいという相談であれば、おれではなく、堀井さんにすればよかろう」

「それがな……」

六郎太の顔つきが険しくなる。

「千恵どのの気持ちが、よくわからなくなってしまったのだ」

六郎太は手酌して、酒をあおった。

「縁談を申し込むにしても、おれはまず相手の心が欲しいと思った。父親に命じられて嫁いでくるのではなく、自らの意志でおれのもとへ来てほしいんだ。だから隙あらば目を合わせ、話しかけてきた」

はにかむ娘に向かって明るく話しかける六郎太の姿が目に浮かぶようだ。

「今月に入ってから、はっきりと自分の気持ちを伝えるために簪を渡したのだが、喜んで受け取ってくれたはずだった」

弥一郎は片眉を上げながら、こんにゃく田楽を嚙みしめた。

「受け取ってくれたはずだった」という言い回しから、不穏な動きが読み取れる。

六郎太は再び手酌して、酒をあおった。

「それから何度か顔を合わせたのだが、一向に簪をつける気配がない」

六郎太は両手で顔を覆った。

「それどころか先日は、若い男と親しげに笑い合っている姿を見た」

「どこでだ」

「堀井さんの家の庭でだ。二人並んで福寿草の花を眺めておった」

弥一郎は思案する。

「堀井さんの家に植物談義をしに訪れる者は、おまえの他にいないのか？」

「それは大勢いるだろう。非番の日には、近所の町医者たちが堀井さんの栽培している薬草を見に訪れることもあるそうだ。むろん、医術に関して語り合うことも大いにあるだろう」

吐き捨てるような六郎太の口調に、弥一郎は苦笑した。

「では、千恵どのが話していた若い男というのも、そのうちの一人ではないのか」

「おそらくな」

六郎太は大きなため息をつく。

「だが、並び立つ二人の間が近過ぎた。あれは、ただの顔見知りではないぞ」

六郎太はちろりを手にして、軽く振った。

「もう、ない……」

まるで千恵との縁がなくなったかのように、六郎太は顔をゆがめた。

弥一郎は調理場の勇吾に向かって酒の追加を注文し、六郎太の前にこんにゃく田楽の皿を押しやった。

六郎太はこんにゃく田楽をひと口かじって、力なくうなだれる。

「心変わりしたのか――それとも、心が通じ合ったと思っていたのはおれだけだったのか――何度考えても、わからん」

六郎太がちらりと上目遣いで弥一郎を見た。

「女々しいと笑うか？」

「いや」

勇吾が酒の追加を持ってきた。空いた器を下げて、すぐに戻っていく。

弥一郎は六郎太の杯に酒を注いでやった。

「恋というものの前では、男も女もみな冷静さを失ってしまう」

「弥一郎さんもか？」

答えずに笑って流して、弥一郎は手酌した。

「何度考えてもわからぬものを、これ以上考え続けていても仕方がないであろう。千恵どのがどういうつもりでいるのか、千恵どのに聞いてみたらどうだ」

六郎太はこんにゃく田楽の残りを口に突っ込んで唸った。

「そう簡単に言われても……」

「簡単だとは思っておらぬが、千恵どのの気持ちを確かめねば、何も進められぬであろう」

六郎太は押し黙った。

「その若い男も、千恵どのを娶りたいと思って、動き出したらどうする。世の中には、先手必勝という言葉もあるのだぞ」

六郎太の顔が強張った。

「まさか、すでに正式な縁談の申し入れを――」

あわあわと手の指が小刻みに動いている。

「落ち着け」

「だが――先に申し込まれて、向こうと話が進んでいたらどうしよう」

「だから確かめろと言っておるのだ」

六郎太は情けない顔で瞑目した。

「おれの前には今、とてつもなく高い断崖が立ちはだかっているようだ。……よじ登れる気がしない」

「では、あきらめるのだな」

六郎太は、かっと目を見開く。

「嫌だ」

「では、よじ登れ」

六郎太は苦しげな顔で目を伏せた。

弥一郎は手酌して酒を飲む。

「おれの親友は、惚れた女のために家を捨てた」

六郎太は顔を上げて目を見開いた。

「親友だと？　弥一郎さんと一番親しいのは、おれではないのか」

「今気にするのはそこか」

弥一郎は苦笑して、もうひと口酒を飲んだ。

「かつて駒場御薬園でともに過ごした男だ。おれもそいつも、御薬園内の組屋敷で生まれ育った」

六郎太は納得顔になる。

「家を捨てたとは、どういうことだ。女郎を身請けして、勘当でもされたのか？」

弥一郎は首を横に振る。

「相手は、一膳飯屋で働く町女だ。もとは百姓女でな。親友がお役目の最中に訪れたある村で知り合い、恋仲になったのだが――お役目があるゆえ、永遠に村に留まることができなかった親友は、泣く泣く駒場へ戻った。女は惚れた男を忘れられずに、村を出て、江戸で働き始め――そして親友と再会したのだ」

六郎太は感心したように唸る。

「運命の再会だな」

弥一郎は焼き大根に箸を入れた。すっと簡単に割れる。焼く前に、しっかりと下茹でをしてあったのだろう。ほんのりと胡麻油の香りも漂っている。

焼き大根をかじれば、大根の甘みがぶわりと口の中に広がった。醤油で味つけされているが、あくまでも控えめなので、大根本来の味が少しもそこなわれていない。

喜楽屋の風呂吹き大根を思い出した。

はなと良太の顔がまぶたの裏に浮かぶ。

「二人は身分違いに苦しんだが、おまえにはそんな必要がないのであろう？　ご公儀が開いた養生所に勤める堀井さんの身内となれば、おまえの親族で反対する者はおるまい」

六郎太が少し前のめりになる。

「弥一郎さんの親友は、やはり反対されたのか」

「武家の嫡男であったからな。しかも一人息子だ」

六郎太は同情したように「ああ」と声を上げた。

「それはまた大変な――親友が女を取ったあと、御家は？」

「養子を迎えた」

「その親友はどうしているのだ」

「女と二人で一膳飯屋をやっている」

「幸せなんだな？」

「おそらく」

おそらくとは何だと言いたげに、六郎太は首をかしげた。

「二人が一緒になってから、まだ一度も会いにいっておらぬのだ」

六郎太は眉をひそめて、非難がましい目を弥一郎に向けた。

「なぜだ。もう身分が違うからか？　相手がどんな境遇におっても、友は友だと思うがな」

弥一郎は、ふんと鼻を鳴らす。

「やっと今日、会いにいけると思っていたのだ」

「あ……」

六郎太は口を半開きにして後ろ頭をかいた。

「すまん。おれのせいで心積もりが狂ったのか」

「別に、今日会いに行くと約束しておったわけではない」

六郎太は気まずげな顔で弥一郎の杯に酒を注ぎ足してきた。

「二人の障害は、御家の問題だけだったのか？　お互い、あきらめて別の相手と添おうとしたことはなかったのだろうか」

「なかったな」

弥一郎が即答すると、六郎太は感心したように「ほう」と声を上げた。

「周りから『あきらめろ』と何度言われても、その女は一途(いちず)に親友を想い続けておった。最後まで、言い寄る男にも揺らがなかった。けっきょく、あの二人の仲を引き裂くことは誰にもできなかったのだ」

六郎太は興味津々の表情で、弥一郎の顔を覗(のぞ)き込んできた。

「言い寄る男とは、どんなやつだった？　やはり町人か。若かったのか？」

杯に口をつけていた弥一郎は、ぐふっと酒を吹き出しそうになった。

が、何とかこらえて冷静な表情を保つ。

何事もなかったように酒をひと口飲むと、弥一郎は澄ました顔で杯を置いた。

「詳しくは知らぬが、今は江戸を離れておると聞いた」

弥一郎は鴨肉を頬張って、さりげなく六郎太の視線から顔をそむけた。

「御家のために生きることと、惚れた女を幸せにすること、兼ね合いが難しくなる時もあるのやもしれぬが、上手くやれ」

弥一郎は畳みかける。

「とにかく、一刻も早く状況を確かめろ。誰かが先に正式な縁談を申し込んでいたら、厄介だぞ」

「厄介も何も、手遅れではないか」

絶望に染まったような顔をする六郎太に、弥一郎は酒を注ぐ。

「嘆く前に動け」

六郎太は胸をそらして酒をあおり、姿勢を戻すと同時に大きくうなずいた。

翌日、非番だった六郎太は昼過ぎに緊張の面持ちで出かけていった。同じ小石川にある堀井宅へ向かったのだ。

もしまた千恵が来ていれば、はっきりと今の気持ちを確かめ、もし千恵が来ていなければ、縁談について堀井に相談してくるという。

上手く事が運べばよいが――と思いながら弥一郎が薬草畑を見回っていると、やがて真っ青な顔をした六郎太が戻ってきた。

ふらふらとした足取りで歩いてくる六郎太の前に、弥一郎は手をかざす。

「止まれ。それ以上は入ってくるな」

若芽を出したばかりの芍薬(しゃくやく)が踏まれてしまう恐れがあった。

御薬園で育てている芍薬は、むろん観賞用ではなく薬用だ。鎮痛や血圧を下げる薬などに配合される。秋に根を掘り起こしてよく洗い、日に干した物を使うが、根を大きくするため花を咲かせず、つぼみを摘み取る。

また、掘り起こして使うのは、植えつけてから四、五年経った根だが、芍薬は冬に地上部が枯れるため、春に再び出てきた新芽を見守る必要があるのだ。

六郎太はぼんやりした顔でうなずいて、薬草畑の前に突っ立っている。

弥一郎は胸の内で舌打ちをした。

「長屋で待っておれ。仕事が終わったら、すぐに行く」

「わかった」

六郎太はおとなしく去っていく。

丸まった背中に悲愴がぺたりと貼りついているようだった。

弥一郎は地面に目を落とすと、芍薬の新芽の出具合を再び調べ始めた。

今はよけいなことを考えず、しっかりとお役目をこなすしかない。


やがて西日が空を茜色に染め、弥一郎は作業を終えた。

明日の仕事について荒子たちに話をしてから、六郎太の長屋へ急ぐ。

「おい、いるか」

返事を待たずに表戸を引き開けると、すぐ目の前の板間に寝っ転がっている六郎太の後ろ姿があった。

弥一郎は土間に踏み入る。

「寝ておるのか？」

「いいや」

六郎太がごろんと寝返りを打って、こちらを見た。

「悶々として、眠るどころじゃない」

弥一郎は上がり口に腰かける。

しばし黙って座っていた。

「……堀井さんの家へ行ったんだ」

六郎太が独り言つように話し始める。

「訪いを告げようとした時に、勝手口のほうから声が聞こえた。ご内儀の声だと思ったので、そちらのほうへ回ってみたんだ」

植物談義で何度か通っている間には、庭の縁側などから気安く出入りすることもあったので、勝手口に回ることもためらわなかったのだという。

「開いた戸の向こうに、ご内儀と千恵どのがいた。声をかけようとした寸前に『縁談』という言葉が聞こえてきたので、思わず近くの植え込みに隠れてしまった。そこで聞き耳を立てていると――」

六郎太は仰向けになった。右腕で両目を覆い隠して、大きなため息をつく。

「ご内儀が、千恵どのに問うたんだ。『本当に、後悔いたしませんか』と。千恵どのは即座に答えた。『心に決めた方がおりますのに、他の殿方のもとへ嫁ぐことはできません。幸い、父も好きなようにしろと申してくれておりますので、この縁談はお断りいたします』と――」

弥一郎は唸った。

「千恵どのは縁談を断ったのか」

「そのようだ」

「千恵どのの『心に決めた方』というのが誰なのかも聞いたのか」

六郎太は腕を目に当てたまま首を横に振る。

「名前まではわからん。二人の話に出てこなかったからな。しかし、おれのことではないだろう。二人の話によると、その男は若々しいらしいからな。先日見かけた、あの男に決まっている」

「千恵どのと二人並んで福寿草の花を眺めておったという男か」

六郎太は再びごろりと横を向いた。

「まず間違いない。やはり、並び立つ二人の間の近さは、そのまま心の近さを表していたんだ」

弥一郎は首をひねる。

「だが千恵どのは、おまえの簪を受け取ったのであろう？」

六郎太は横になったまま床に手を当て、こくりとうなずく。

「はにかんだ笑顔で、喜んで受け取ってくれたと思っていたんだが――おれの思い込みだったんだろうか――堀井さんとご内儀が偶然同時に席を外した隙に渡したんだが――押しつけになってしまっていたんだろうか――すぐに二人の戻ってくる足音が聞こえてきたんで、千恵どのは慌てて簪を袂に入れたんだ。ご内儀に促されてともに別室へ行ってしまったから、千恵どのの言葉で『嬉しい』と、はっきり気持ちを聞いたわけではなかった」

弥一郎は思案する。

ほんのわずかな間といえど、未婚の男女を二人きりにして堀井夫妻が席をはずすことなどあり得るのだろうか――偶然ではなく、むしろ故意に二人きりにしたのではないかと弥一郎は勘ぐる。

近親者の判断で六郎太を千恵に近づけたのであれば、やはり千恵の「心に決めた方」というのは六郎太ではないのか。

「千恵どのと会って、きちんと話をしてこい」

六郎太は落雷にでも打たれたかように、びくびくっと身を震わせた。

「いや、だが、もう――」

「千恵どのが誰を想っているのか、しっかり聞け」

六郎太は捨てられた子犬のように目を潤ませて首を横に振る。

弥一郎は板間に上がると、六郎太の腕をつかんだ。

「しっかりしろ」

ぐいっと強く引っ張って、六郎太の身を起こす。

六郎太は胡坐をかいて床を見つめた。

「我ながら情けない……女々しいと笑ってくれて構わん」

「笑ったりはせぬ」

六郎太の向かいに胡坐をかいて、弥一郎は背筋を伸ばした。真正面から、じっと六郎太を見つめる。

「だが、冷静な目で相手を見る必要があるのではないか」

「冷静になど――」

「植物を観察するように、千恵どのを見てみろ」

六郎太はのろのろと顔を上げて弥一郎を見た。

「人を、植物のように見る……？」

弥一郎はうなずいた。

「ただ在るがままを見るのだ」

六郎太は怪訝そうに目を細めた。

「紫陽花の花を思い出せ」

弥一郎の言葉に、六郎太は小声で「紫陽花……」とくり返す。

「植物日記にも書いておったであろう」

六郎太は日記をめくるように、親指と人差し指を小さく動かした。

「発熱時に使える紫陽花は、花を丸ごと塊のまま摘んで――」

「その『花』とは、どこのことだ？」

さえぎって問うと、六郎太はきょとんと目を瞬かせた。

「多くの者が紫陽花の花びらと思っている部分が実は萼であると、御薬園同心であるおまえは知っておるな？」

そこまで侮られては困ると言いたげに、六郎太は眉をひそめた。

「当たり前ではないか」

「では、知らぬ者も多いのはなぜだろうな。『紫陽花の花』という時、多くの者は、萼を含めた塊を『花』と呼ぶであろう」

六郎太は困惑したような顔になる。

「なぜって――紫陽花の萼は花びらに見えるからな」

弥一郎はうなずいた。

「だが実際は、花ではない。つまり人は、自分の思ったように物事を見るということだ。思い込んでいる間は、その者にとって、それが真実となる」

六郎太は自信なさそうに目をさ迷わせる。

「弥一郎さん、何が言いたい。まるで、千恵どのの想い人が、実はあの男ではないと言っているように聞こえるぞ。それどころか、もしかしたら、おれではないかと言っているような——」

「なくはないと思っておる」

「期待させるのはやめてくれ」

六郎太は弱々しく頭(かぶり)を振った。

「期待して、違ったら、どうする」

「あきらめがつくではないか」

はなに想いを告げて、叶(かな)わなかった過去を思い出す。

自分でも驚くほど強引に迫ったこともあったが、もしあの時に何も言えぬまま引き下がっていたら、今でも未練を引きずっていたかもしれない。

結果はどうあれ、やるだけやったと納得できる境地に至らねば、人はあきらめることが難しいのではないだろうか。

むろん相手を傷つけていいわけではない。

だが、みなが等しく無傷ではいられない時もある。

少なくとも弥一郎は、周りからどう思われようと我武者羅（がむしゃら）に動いて傷つき、到達できた心境がある。

「千恵どのの気持ちを確かめてこい」

六郎太は胡坐をかいたまま、うじうじと床に「の」の字を書いた。

「だが……もしおれの勘違いで、内心では簪も嫌がっていて、毛虫を見るような目で見られたら……」

「千恵どのは、あちらこちらの男に気のあるそぶりを見せて、人の心をもてあそぶような女なのか」

六郎太が、ぐっと身を乗り出してきた。

「違う！　千恵どのはそんな女（ひと）ではない」

「では行ってこい」

弥一郎はじっと六郎太の目を見た。

「袖（そで）にされたら、その時はすっぱりと身を引いて、二度と会わなくてよい」

少しして、六郎太が覚悟を決めたようにうなずく。

「やはり、どちらにしても前へ進まねばならんからな」

六郎太の言葉に、弥一郎は安堵する。

腹をくくった六郎太の顔に、いつものような力強さが戻ってきたようだ。

「そういえば――弥一郎さんが言っていた、例の親友の話だが――」

良太のことか。

「相手の女に言い寄る男がいたと言っていたな」

弥一郎は思わず、おかしなうめき声を上げそうになった。

「どんな男だったんだ。やはり町人か?」

落ち着けと自分に言い聞かせながら、弥一郎は顔に笑みを張りつける。

「なぜ、振られた男を気にするのだ」

「明日は我が身かもしれないじゃないか。心構えを作っておきたい」

六郎太は興味津々の表情になって、弥一郎の顔を覗き込んできた。

「詳しくは知らぬと言っていたが、その男が江戸を離れたことまで耳に入っているんだ。やはり少しは知っているんだろう?」

弥一郎はすっととぼけて首をかしげた。

「いや、知らぬ。すべて親友からの又聞きだ」

「又聞きでいいから教えてくれよ」

弥一郎は口元が小さく引きつるのを感じた。

「いったい何が知りたいのだ」

今度は六郎太が首をかしげる。

「そうだなあ——例えば、どんなふうに、どんな言葉で相手に想いを伝えたのか——」

そんなこと言えるかと、弥一郎は胸の内で叫んだ。

六郎太は謎解きにでも挑むような顔で、顎に手を当て宙を見やる。

「身分違いの恋に悩んでいる女に、そいつは『町人同士のほうが絶対に幸せになれる。だから、おれにしておけ』なんて言って迫ったのかなあ」

弥一郎は居たたまれなくなった。体の中をもぞもぞと何かが這い回っているような気になってしまう。

町人同士ではないが「おれにしておけ」と言った記憶は確かにある。

それを六郎太にずばりと言い当てられてしまうとは——。

今すぐ帰りたくなった。

「その男は江戸を離れて、今どこでどうしているのかなあ」

「元気でやっておるのではないか。江戸を離れる時には、もう女のことは吹っ切っていたらしいからな」

六郎太は感心したように「へえ」と声を上げる。ある程度の話を聞いて納得しなければ、興味が失せぬであろうという顔つきだ。

弥一郎は両手の拳と腹にぐっと力を入れた。

「武士であったおれの親友には、惚れた女を幸せにすることなどできはせぬと思ったからこそ、その男は思い切って迫ったのだ。その女は、誰がどう見ても武家の女にはなれなかったからな。どこぞの養女となって、親友のもとへ嫁入りしたとしても、苦労するのは目に見えておった」

多少早口になってしまう口調を止められぬまま、弥一郎は続けた。

「だが、親友が家を捨ててまで惚れた女との未来を選んだと知り、その男は潔く身を引くつもりになったそうだ。二人の想いが本物ならば、きっと二人は幸せになれると信じたらしい。もう自分の出る幕はないと、つくづく思い知ったのであろうな」

六郎太はしみじみと目を細めて深く息をついた。

「よい男だな」

弥一郎は眉根を寄せる。

「どこがだ」

「ちゃんと二人の幸せを願っているじゃないか」

六郎太は自嘲めいた笑みを浮かべた。

「はたしておれは、千恵どのと他の男の幸せを願えるだろうか」

「今願う必要はない」

弥一郎は強く言い切った。

「とにかく今は、振られる心構えよりも、しっかりと自分の気持ちを伝える心構えを固めろ」

六郎太は表情を引きしめて顎を引いた。

「今日はもう遅いので、明日にでもまた訪ねてみる。堀井さんの家に来ていなければ、千恵どのの家にまで行ってみる」

「悔いが残らぬようにな」

弥一郎の言葉に、六郎太は大きくうなずいた。

翌日、仕事が終わるとすぐに六郎太は出かけていった。

もちろん行き先は、養生所に詰める本道医の堀井正蔵宅だ。

六郎太は「堀井さんに訪問の許可を得ている」と言いながらも、まるで門前払いを恐れているかのような緊張の面持ちだった。

きっと六郎太の頭の中には、自分の気持ちを伝えても千恵に断られるのではないかという恐れが渦巻いていたのだろう。

弥一郎は同心長屋で夕食の支度を終えると、板間で晩酌をした。

本日の菜は、豆鰺(まめあじ)のえらと腸(わた)を手でつまみ取り、片栗粉をまぶして丸ごと揚げた物である。それに、自分の菜園で採れた春大根の浅漬けを添える。

朝炊いた飯を湯漬けにして、しじみの味噌汁(みそしる)を加えれば、上出来な夕食だ。

弥一郎は杯に口をつけた。

ごくりと飲めば、酒の香りが鼻から抜けて、心地よく体がゆるんでいく。

揚げ立ての豆鰺に塩をつけて食べれば、かりっとした香ばしい嚙(か)み心地に続いて、やわらかな甘い身と塩が混ざり合って生み出される絶妙な美味(うま)さが口の中に広がっていく。

手の込んだ料理ではないが、素朴な味わいに、弥一郎は満足した。

次に浅漬けをかじって、うなずく。我ながら、よい味に仕上げることができた。

弥一郎はもうひと口、酒を飲んだ。

ほうっと息をつく。

一人で味わう酒も、飯も、嫌いではない。

誰かと一緒に楽しむ飲食も悪くはないが、賑やかな時ばかりが続くと何やら疲れてしまう。

一人で静かに過ごす穏やかなひと時が、弥一郎にとっては非常に大事なのだ。

弥一郎は豆鯵をもう一匹かじった。

さくさくと口の中から音が上がる。

一人きりの長屋では、音が大きく感じられる。

六郎太が首尾よく事を運べば、いずれ千恵どのも御薬園内の同心長屋に暮らすようになり、そのうち二人の子供が辺りを駆け回って遊ぶようになるのだろうか——そうすれば、ここにも賑やかな声が聞こえてくるようになるやもしれぬ——などと、弥一郎はふと思った。

六郎太と千恵どのが、めでたく結ばれるとよいが——。

食事を終え、片づけをしたあと植物に関する書物を読んでいると、弾むような足音が外から聞こえてきた。どんどん近づいてくる。

六郎太か――。

弥一郎は書物を脇に置いた。

すぐに表戸が外から叩かれる。

「弥一郎さん！　おれだ。開けてくれ！」

心張棒をはずして戸を開けると、六郎太が夢見るような顔つきで立っていた。

弥一郎は口角を引き上げる。

「どうやら上手くいったようだな」

六郎太はしまりのない笑みを浮かべながら土間に踏み入ってくる。勝手に板間へ上がると、弥一郎に向かって手にしていた酒瓶を掲げた。

「まずは飲もう」

「おれはもう飲んだ」

「晩酌でちびりと舐めた程度だろう？　大酒飲みのくせに、おれの誘いを断ってはいかん」

弥一郎は苦笑した。

「大根の浅漬けくらいしか、酒の肴はないぞ」

「おお、それでいい。弥一郎さんの作る物は何でも美味いからな。それに、夕飯は済ませてきたんだ」

「ほう」

弥一郎は目を細めた。

「堀井さんの家でか」

六郎太が目を丸くする。

「なぜ、わかった⁉」

「浮かれて話し相手を求めるおまえが、この時刻まで帰らぬとなると、堀井さんの家で夕食を振る舞われたとしか思えぬであろう。お多福で飲んできたのであれば、もっと赤い顔になっているはずだ」

弥一郎は台所で浅漬けを器によそうと、板間へ戻った。

「千恵どのにも会えたのか」

六郎太はにんまりした顔でうなずく。

「向こうも、おれに会いたくて、堀井さんの家に通っていたらしい」

杯を渡すと、六郎太はぎゅっと握りしめて、まるでそれが千恵であるかのように頬ずりをした。

「堀井さんに『千恵どのと二人で話がしたい』と頼んだら、すぐに客間へ千恵どのを呼んでくれてな。顔を見て、二人きりになったとたん、おれは『千恵どのを好いている』と自分の気持ちを伝えたんだ」

やりきったという表情で、六郎太は胸を張る。

「そして、心に決めた男がいるから縁談を断ったと先日立ち聞きしてしまった旨を伝え、千恵どのの『心に決めた方』とはいったい誰なのか、ずばりと聞いた」

にまにまと笑う六郎太にちろりを差し向けると、杯を差し出してきたので、酒を注いでやる。

六郎太は酒をあおると、心底から美味そうな顔をして息をついた。

「なぜ贈った簪を使ってくれぬのかと聞いたら、おれに嫁ぐ日に初めて髪に挿そうと思っていたらしくてな」

六郎太は、でれんと目尻を下げる。

「おれが贈った平打ちは、仲睦まじく二羽並んでいる鳥の意匠だったので、夫婦和合の模様かと思ったそうなんだ」

弥一郎は、ふんと鼻を鳴らして手酌した。

「夫婦和合の願望を込めて、その簪を選んだのであろう」

「まったくその通りだ」

六郎太は、ふふふと笑い声を漏らした。

「やっぱり、おれの気持ちはちゃんと千恵どのに伝わっていたんだなあ。おれのために縁談を断ってくれたのだと、はっきり言ってくれたよ。おれがなかなか正式な申し込みをしないから、向こうも不安になっていたらしい。堀井さんとご内儀に相談していたというんだ」

六郎太は浅漬けを頬張った。

「おっ、美味い――」

手酌して酒を飲むと、六郎太は再び笑い声を漏らした。

「千恵どのと福寿草を眺めていた、あの若い男――あれは千恵どのの従兄だった。つまり、堀井さんのご内儀の従弟でもあるな。あっちもこっちも医者の家系なので、親戚同士で集まって、医術や薬草の話をすることが多いらしい」

弥一郎は半ば呆れながら酒を舐めた。

「そんなことだろうと思っておった」

六郎太は笑いながら後ろ頭をかく。

「子供の頃から頻繁に行き来して、兄のように慕っている身内だというので、仲睦まじく見えたのも納得した。二人が幸せそうに見えたのにも、ちゃんとわけがあってな」

「ほう、どんなわけだ」

弥一郎はからかいの目を向ける。

「どうせ、おまえに簪をもらって喜んでおった千恵どのが、その従兄どのに『大事な方ができました』とか何とか打ち明けていたのであろう」

「大当たりなのだが、それだけではなかった」

六郎太は満面の笑みを浮かべる。

「従兄どののほうも、意中の女との縁談が調ったそうでな。あの日は、堀井さんとご内儀に、妻を娶ると報せにいっていたらしい」

弥一郎は六郎太の杯に酒を注いでやる。

「おまえ会いたさに堀井さんの家へ行った千恵どのと偶然会って、親しい身内同士で互いの幸せを語り合っていたというわけか」

「そうなんだ」

六郎太は大真面目な顔でうなずいた。

「互いに所帯を持てば、従兄どのの相手も、おれも、みな身内ということになるからな。新たな親戚づきあいが始まるではないか」

六郎太は杯を手にすると、まるで三三九度のように三度に分けて飲み干した。

「おれも早々に正式な縁談を申し入れねばならん。忙しくなるぞ」

弥一郎は目を細めた。

「これから新芽がどんどん動き出す時季でもある。御薬園の仕事も忙しくなるからな」

六郎太は一瞬うっと息を詰めた。

弥一郎は畳みかける。

「植物日記もきちんと書き進めておかねば、生長に追いつかぬぞ。文平のような後進に仕事を教えるためにも、いつか立派な植物図譜を作るためにも、精魂込めて日記をつけておかねばならぬな」

「そ――そうだな――」

まるで薬草畑から駆除すべき雑草の群れを目にしたかのように、六郎太は顔を強張らせた。

弥一郎は微笑む。

「だが、喜ばしいことだ。おまえの縁談も、植物の生長もな」

六郎太は嬉しそうに破顔した。

「ありがとう。弥一郎さんのおかげだ」

真摯な目で見つめられながら礼を述べられると、何やら気恥ずかしくなってくる。

「馬鹿を申せ。千恵どのの気持ちも、植物の生長も、おれの力でどうこうできるものではないぞ」

つい突き放すように言ってしまうが、六郎太は朗らかな声を上げて笑い続ける。

「いや、やはり弥一郎さんのおかげだ。少なくとも、弥一郎さんはおれの背中を押して、おれを動かした。あの時に動かねば、今日のよき日はなかったんだぞ」

六郎太の笑顔が、とてつもなく眩しく感じられる。

弥一郎はさりげなく目をそらすために大根の浅漬けを頬張った。続いて、酒を喉に流し込む。

六郎太がちろりを傾けてきた。

空になった杯を差し出せば、なみなみと酒を注いでくる。

こぼれぬよう気をつけながら、弥一郎は杯に口をつけた。

「弥一郎さん、これからもよろしく頼む」

杯を置いて顔を上げると、六郎太が居住まいを正してまっすぐに弥一郎を見ていた。

照れなどでごまかすこともできずに、弥一郎も居住まいを正す。

「おれは静かなひと時が好きなのだがな」

と言いながら、弥一郎は笑った。

同じお役目に就き、同じ同心長屋に暮らす者だ。

六郎太とのつき合いは、互いに歳を重ねて隠居するまで続くだろう。

悪くはない——。

望むところだと、弥一郎は胸の内で呟いた。

そのまま穏やかに日は過ぎてゆくと思っていた。

大きく膨らんだ桜のつぼみがほころんで、満開となり、やがて今年の春は終わるのだと——時季がくれば変化朝顔の種を蒔き、今度は変化朝顔の開花を心待ちにするようになるであろうと、弥一郎は考えていた。

しかし、朝の薬草畑へ飛び込んできた門番の声に、弥一郎は息を呑んだ。

「荒子の勘助さんはいますか!? 日本橋北鞘町の実家が火事に遭ったと、たった今報せが——」

荒子たちがざわつく。

おろおろ顔の勘助が、畝の手前で立ち止まっている門番の前に歩み出た。

「親類の五郎蔵と名乗る人が、門前で待っています」

勘助が助けを乞うように、弥一郎を振り返る。

「行け」

「ありがとうございます！」

勘助は弾かれたように、すっ飛んでいった。

弥一郎は門番に目を移す。

「詳細を聞いたか？」

門番は沈痛な面持ちでうなずく。

「五郎蔵さんの話によると、出火したのは夜中だそうです。室町や、品川町の辺りも焼けたそうで」

弥一郎は、ぐっと眉間にしわを寄せる。

喜楽屋で何度も顔を合わせたことがある、堺屋の隠居を思い出した。

堺屋がある駿河町は、今門番が「焼けた」と言った、室町と品川町の間に位置しているのだ。広範囲にわたって類焼しているのであれば、堺屋も無傷で済んだとは思えない。もし店が焼け落ちていたとしても、家人や奉公人たちが無事であればよいが――。

「風向きは、どうだったのだ。神田の方面へは飛び火しておらぬのか!?」

今聞いた話によると、火は日本橋から一石橋の間の北側を焼いている。

もし、とてつもなく大きな炎が次から次へといくつもの町を呑み込み、龍閑川を越えて神田へ入ったら――。

喜楽屋は無事だろうか。

はなには良太がついているので、どんな事態に陥っても大丈夫だと思うが――。

弥一郎は拳を握り固めた。

はなと良太の顔が、頭に浮かんで離れない。

良太は密偵として、いくつもの修羅場をくぐり抜けてきた男だ。たとえ火の海に襲われても、必ずや、はなを守り抜くだろう。

あの二人は心配ない。

だが――。

弥一郎は唇を噛んだ。

火事場では何が起こるかわからない。怯え、混乱した人々が我先にと逃げ惑う中で押され、しっかりと繋ぎ合っているはずの二人の手が離れてしまったら――。

災害は、時に人の命をあっけなく奪い、人を狂気へと引きずり込むのだ。

真っ先に自分が助かりたいと思う者たちに行く手を阻まれ、はなと良太が逃げ遅れることはないだろうか。

弥一郎は左手で右腕を押さえた。

良太なら絶対に、はなを守りきれると信じているが――もし万が一、誰かをかばって怪我でもしたら――。

思うように動かせなくなった自分の右手を見つめて、弥一郎は立ちつくした。

「申し訳ございません。神田のほうがどうなっているのかは、わかりかねます」

門番の声に、弥一郎は我に返った。

「そうか――わかった、もう戻ってよい」

門番は一礼して去っていく。

「弥一郎さん、どうした」

振り向けば、同じ畑の端にいたはずの六郎太が真後ろに立っていた。

「顔色が悪いぞ」

弥一郎は頬に手を当てる。顔色はわからぬが、きっとひどい顔つきをしているだろうという自覚はある。唇が小さく震え出しそうだ。

「ひょっとして、弥一郎さんの身内が神田にいるのか？」

弥一郎は首を横に振る。

「身内ではないが――先日話した親友の店が神田須田町にあるのだ」

六郎太が目を見開く。

「室町と須田町は近いな――四半時もかからぬではないか」

「六郎太、ここを任せてもよいか」

気がつけば、言葉が口を衝いて出ていた。

「今行かねば、きっと死ぬまで悔やむ」

六郎太がうなずいた。

「任せろ。行ってこい」

最後まで聞かずに、弥一郎は走り出していた。

御薬園を飛び出して、神田へ向かう。

ゆるやかな坂道を全力で駆け下り、ただひたすらに突き進む。

左へ曲がり、右へ曲がり――。

息が切れ、全身から汗が噴き出してくるのにも構わず、我武者羅に疾走した。

神田川沿いの上り坂も一気に駆け抜け、下り坂でも速さをゆるめず、湯島聖堂を左手に見ながら筋違橋へ向かう。

膝が震えて、かくんと前につんのめりそうになるが、立ち止まってはいられぬ。

もしもここで立ち止まり、炎に追い詰められた友の窮地に間に合わなかったら――という一心で、弥一郎は走り続けた。

筋違橋を渡り、須田町に入った。

弥一郎は足を止める。

「はっ――はあっ――」

悲鳴のような声を漏らしながら、肩で大きく息をついた。

須田町は燃えていない。

わななく手足を叱咤して、前へ進む。

建ち並ぶ町の趣は以前来た時とすべて同じだ。通りに面した店の軒先には暖簾がひるがえり、青物を売り歩く棒手振の姿も見える。

須田町は何も変わっていない。

だが――。

火事場から逃げてきたのか、煤で顔や着物が汚れた者たちとすれ違った。

親類縁者を頼って、どこかへ行くのか。

日本橋界隈を焦がしたという大きな炎は、いったい、どこからどこまで広がったのだろう――。

やがて喜楽屋の前に辿り着いた。

弥一郎は、ほっと息をつく。

『めし喜楽屋』と書かれた藍染の暖簾はまだ出ていないが、何事もない様子で店は目の前にある。

戸の前に立つと、何やらよいにおいが漂ってきた。

中から話し声も聞こえる。

「――だけど本当によかった。堺屋のみんなが無事で――」

はなの声だ。

「火が燃え移らなかったのは、本当に運がよかった。いったん逃げたみんなも、きっとすぐに戻ってこられるだろう」

良太の声だ。

二人は無事だったと実感して、思わず笑いが込み上げてくる。

不意に、中からがらりと戸が引き開けられた。

現れた良太が大きく目を見開く。

「弥一郎——」

二の句が継げない様子の良太を見つめ、弥一郎は微笑んだ。

「久しぶりだな」

良太が微笑み返してうなずく。

「火事を心配して、来てくれたのか？」

弥一郎は口角を引き上げた。

「堺屋は無事なのだな」

「ああ——入れよ」

促され、土間に足を踏み入れると、小上がりの前に立っていたはなと目が合った。

「弥一郎さま……」

はなは感極まったような表情で、弥一郎と良太を交互に見つめ、ぎゅっと両手を握り合わせている。

弥一郎は目を細めた。

美しくなった——。

良太と暮らし始めてから、しっとりと落ち着いた風情が加わっただろうか。

喜楽屋の女将としての自覚が、凛とした威厳をかもし出させているのだろうか。初めて会った時の危なっかしさは鳴りをひそめ、しっかりと江戸に根を張って咲き誇る大輪の花のように見えた。

幸せなのだな――と、弥一郎は胸の内で呟いた。

良太に促され、弥一郎は小上がりへ腰を下ろす。

はなが茶を淹れて運んできた。

「火元はどこだ？」

茶を飲みながら聞くと、打てば響くように良太が口を開いた。

「本町一丁目だ。出火したのは、夜九つ時（午前零時頃）。本石町、室町、品川町、北鞘町、日本橋と、一石橋際まで類焼した」

神田のほうへ火が回らぬことを確かめ、逃げる人々の波が落ち着いた頃合いを見計らって、日本橋界隈の様子を見にいったのだという。

かつて密偵だった良太にとっては、自分たちの身に害がおよぶ恐れはないか確かめたり、堺屋の無事を確かめたりすることくらい、さほど難しくはなかっただろう。

「念のため、心張棒をかって絶対に戸を開けるなと言って出かけたんだが、火事場からこっちのほうへ逃げてきた者たちが狼藉を働くこともなかった」

「そうか」

弥一郎は小上がりの隅に置かれた大きなふたつの風呂敷包みに目をやった。

「握り飯だ」

弥一郎の視線に気づいた良太が説明する。

「堺屋のみんなが身を寄せているところへ届けようと思ってな」

弥一郎の胸に感慨が湧き起こり、さざ波のように広がった。

堺屋のみんな——そう言った良太の口調は、もうすっかり堺屋の者たちを仲間と認めているようだった。

仲間と認めているのは、堺屋だけでなく、喜楽屋に関わる者すべてなのだろう。

弥一郎は改めて、町人姿の良太を見つめた。

ここにいるのは、もう結城良太ではない。

隣近所の者たちも同様だ。

喜楽屋の良太なのだ。

「弥一郎、飯は食ったか？」

ともに採薬の旅をしていた頃のように、良太が話しかけてくる。

「まだなら食っていけよ」

屈託のない笑みを――いや、さまざまな苦悩を抱えながら、いくつもの試練を乗り越えてきた笑みを浮かべて、良太が調理場を見やる。

「味噌けんちん汁を仕込んであるんだ。火事を逃れた者たちが店の前を通りかかったら、振る舞えるようにな。鳩次郎が手伝いにきたら、おれは丸仙の連中と炊き出しへいくことになっている」

もう何年も前から神田で暮らしているように、すっかり溶け込んでいるではないかと、弥一郎は笑った。

「相変わらずだな、おまえは」

さまざまな垣根を、ひょいと飛び越えてしまうのだ。

うらやましく思い、複雑な心情に駆られたこともあったが、今はただただ友として誇りに思う。

「弥一郎さま、どうぞ召し上がってください」

はなが味噌けんちん汁を運んできた。

目の前に置かれた椀を見て、弥一郎は口角を引き上げる。

味噌けんちん汁は、かつて弥一郎も、良太に作ってやったことがあった。

鎌倉の建長寺が発祥といわれるけんちん汁は本来、醬油仕立てであるが、その時は醤油を切らしていたので、とっさに味噌を入れたのだ。

そして良太は、はなに、鎌倉の村で味噌けんちん汁を作ってやったという。

「今では、おせいさん直伝の風呂吹き大根とともに、喜楽屋で人気の品になっているんだ」

良太の言葉に、弥一郎はしみじみと目を細めた。

椀の中から立ち昇っている湯気が、いかにも温かな幸せの形に見える。

ゆらゆらとゆらめいて、やがてすぐに消えてしまうが、目に見える確かなもの――熱いものを作り続けてゆかねば出現しないもの――。

弥一郎は椀と箸を手にした。

汁をひと口飲めば、若き日の思い出がまるで走馬灯のように弥一郎の頭の中を駆け巡る。

薬草採集で良太とともに山へ踏み入った日々、剣道場で激しく良太と打ち合った日々、生きて帰れぬかもしれぬと覚悟した薩摩行きの船の中で背中を預け合って眠ったあの夜――。

また別の日には、敵から身を隠して山奥を進み、食べられる野草を探して、ともにさまよったこともあった。命からがら逃れ、東海道の木賃宿（素泊まり宿）へ辿り着いた時には、弥一郎も良太も汚れきった恰好(かっこう)で、月代(さかやき)が伸びて見苦しく、髭(ひげ)もぼうぼう——どこからどう見ても身を持ち崩した素浪人のようで、宿の主(あるじ)に思いっきり嫌な顔をされた。持ち金を見せたとたん、ころりと態度が変わったが——。

弥一郎は味噌けんちん汁の具を頬張った。

人参(にんじん)、大根、里芋、牛蒡(ごぼう)、崩した豆腐、油揚げ——。

どれもみなやわらかく煮えて、味がよく染みている。

弥一郎はもうひと口汁を飲んだ。甘じょっぱい味噌の味が心地よく体内へ落ちていく。

胸が切なく、きゅっとしめつけられた。うかつにも、涙ぐんでしまいそうになる。

「この味噌けんちん汁には、油揚げが入っておるのだな」

湿った気持ちを変えようと、弥一郎は明るい声を発した。

「油揚げからもこくが出て、よい味になっておるではないか」

油揚げ以外は、かつて弥一郎が良太に作ってやった物とまったく同じ具だった。

良太がうなずく。

「裏の長屋に越してきた男が豆腐屋なんだ。子供も仕事を手伝い始めて、おからや油揚げを売り歩いてる」

「近所づきあいで買ってやっているのか」

「ああ。なかなか美味かったんでな」

「そうか」

弥一郎は椀の中に目を落とした。

そうやって、物事は少しずつ変わってゆくのだ。

「炊き出しでは、これにうどんを入れて配る」

「うどんだと⁉」

良太の言葉に、弥一郎は目を丸くした。

「麺も、おまえが打つのか？」

良太は得意げに口角を引き上げる。

「菓子屋の隠居に習ったんだ。なかなか上手いと褒められた」

今でこそ江戸に蕎麦屋は数多くあるが、寛延の頃（一七四八～五一）までは、うどん屋のほうが多かった。また、江戸に幕府が置かれた当初は、うどん屋もなく、菓子屋がうどんを作っていたのである。

「裏長屋に住む、しず婆さんが軽い風邪を引いた時に作ってやったのがきっかけで、最近店でも時々うどんを出すようになったんだ。酒を飲んだあと、最後にもう一品、何か食べてから帰りたいっていう客たちにも好評でな」

良太の顔つきは、もうすっかり店主であり料理人になっている。

「最初は『うどんなんか病人が食うもんだ。おれは断然、蕎麦が好きだぜ』なんて言ってた客も、今では七色唐辛子をたっぷりかけて食べているんだ。昼には、子供を連れた裏店(うらだな)のかみさんなんかも来るようになってな。具だくさんの汁に、うどんを入れると、その一品だけでじゅうぶん滋養のある食事にできると言って、喜んでくれている」

「……そうか」

変わることをためらわぬ良太は、これからもどんどん、よいと思ったことを取り入れていくのだろう。

「あの、弥一郎さま」

はなが新しい器を運んできた。

「あたしが作った風呂吹き大根も、ぜひ召し上がってみてください」

弥一郎はうなずいて、目の前に置かれた器を手にした。

箸を入れれば、厚めの輪切りにされた大根がすっと割れていく。

弥一郎は大口を開けて頬張った。

「むっ――」

思わず短く声が漏れた。

噛んだとたん、鰹出汁のよく染み込んだ大根の甘みが、じゅわりと口内に広がった。上に載せられていた柚子味噌と大根が絡み合い、絶妙な味わいをかもし出している。

喜楽屋の元女将、おせいの笑顔を思い出した。

だが、これは確かに、はなが作った物――。

二人の間で引き継がれた「喜楽屋の味」が、弥一郎の口の中を駆け巡る。

じっくりと丁寧に茹でられた大根の甘みが、舌から喉へ、喉から腹へと伝い落ちていき、この上なく弥一郎の心を満たしていく。

変わっていくものと、変わらないもの、その両方を大事に守りながら、喜楽屋はここに在り続けていくのだろう。

どんな時でも笑みを絶やさず、心を晴らして調理場に入り、真心を込めて客のために料理を作る――はなと良太が選んだ生き方に幸あれと、弥一郎は強く願った。

「とても美味かったぞ」

空になった器を掲げて口角を引き上げれば、はなは満面の笑みを浮かべる。

「弥一郎さま、ありがとうございます」

はなに笑い返して、弥一郎は良太を見た。

「しっかり励めよ」

「ああ」

即答した良太の目は、これまで見てきた中で最も力強く輝いていた。


きっとまた来ると約束して、弥一郎は喜楽屋をあとにした。

一刻も早くお役目に戻らねばならぬと、急ぎ足で小石川を目指す。

味噌けんちん汁と風呂吹き大根を食べて英気を養い、ひと休みしたので、足の疲労も回復している。

それに何よりも、心が軽い。

弥一郎は、ぐんぐんと前へ進んだ。

筋違橋を渡り、湯島聖堂の前を通り過ぎて、坂道を行く。

上って、下って、また上り――。

左へ右へと曲がっていく小石川までの道のりが、まるで、これまでの人生のように思えた。

まっすぐ平らな一本道ではなかった。

立ち止まり、すべて投げ捨てたい衝動に駆られた日々もあったが、今こうして良太たちと再会し、充実感で心が満たされると、悩みも苦しみもすべて自分に必要なことだったのだと思えた。

右手をぎゅっと握り固めながら、弥一郎は威勢よく歩き続けた。

御薬園へ戻ると、弥一郎はまっすぐに薬草畑へ向かった。

すぐに六郎太が駆け寄ってくる。

「神田の親友はどうだった？」

「無事であった」

良太から聞いた類焼の範囲を教えると、六郎太は小さく息をついた。

「焼け出された者たちは気の毒だが、弥一郎さんの親友が無事でよかったな」

「うむ——勘助の身内はどうしたであろうか」

弥一郎は畑の除草作業をしている荒子(あらしこ)たちを見回した。

「他に、日本橋界隈(かいわい)に身内がいる者はおらぬのか」

六郎太がうなずいた。

「勘助の他は、誰もいないと聞いている。勘助が門番に頼んだ言伝によると、勘助の身内はおそらく本所に住む親類を頼って逃げたのではないかという話でな。勘助は、無事を確かめに走った」

「親友の話によると、燃え盛った炎は、日本橋を越えておらぬ。大川の向こう側にある本所まで逃げておれば、きっと大丈夫であろう」

六郎太が大きく息をついた。

「つい先日も、京橋の新肴町から火が出たというではないか。銀座や築地のほうまで燃え広がったと聞いたぞ」

今回の火元である日本橋の本町一丁目から、先日の火元である京橋の新肴町までの間は、さほど遠くない——四半時まではかからない道のりだ。

六郎太はこめかみに手を当て唸った。

「確か、麻布のほうでも火事があったと聞いたな」

六郎太はやるせない表情で日本橋の方角を見やった。

「江戸は火事が多い。勘助の身内も、日頃から逃げ延びる道筋などを頭に入れていたのかもしれんが——逃げ遅れた者がいるかもしれんと思うと、胸が痛いな」

弥一郎はうなずいた。

火事に遭った人々の暮らしが一日も早く落ち着くよう、祈るばかりだ。

薬草畑での作業を終え、御役宅で日誌を書いていると、やがて勘助が戻ってきた。

「岡田さま、本日は仕事を抜けさせていただき、本当にありがとうございました」

床に両手をついて、勘助は深々と頭を下げる。

弥一郎は文机の上に筆を置いた。

「実家の者たちの無事は確かめられたか？」

「はい」

勘助は顔を上げて背筋を伸ばす。

「おかげさまで、みな無事でした。北鞘町まで火が回ってくる前に、荷物をまとめて逃げ出していたそうです。ただ、住んでいた長屋は燃えてなくなりましたので、しばらくの間は本所の親類のもとで厄介になることになりました」

弥一郎は痛ましい思いで勘助を見つめた。

「必要な物があれば遠慮なく申せ。助力するぞ」

勘助は疲れ果てたような顔に笑みを浮かべる。

「ありがとうございます」

再び両手をついて、床に額がつくほど深く頭を下げる。

「おまえも疲れたであろう。今日は早く休め」

「ありがとうございます」

何度も頭を下げながら退出していく勘助の後ろ姿を見送って、弥一郎は再び筆を手にした。

本日行った作業を日誌に書き綴(つづ)っていく。

御薬園の植物の新芽の動きを思い返して、弥一郎は手を止めた。

焼けてしまった町々が一日も早く再興し、新しく建てられた町家のあちこちにたくさんの鉢花などが置かれればよいと、ふと思った。

花は人の心をなごませる。

皐月(さつき)(旧暦の五月)の半ば頃になれば、朝顔売りが鉢植えを売り歩くようになる。その頃になれば、燃えてしまった町家も建て直されて、朝顔好きの江戸っ子たちが鉢花を楽しめるようになるであろうか。

夜明けの光を求めるように花開く朝顔が、人々の心に明るい希望をもたらしてくれるとよいのだが――。

弥一郎は自宅の薬箪笥(だんす)を思い浮かべた。弥一郎が所有している植物の種をしまってあるのだ。半紙で二重、三重に包み、木箱に入れておくことによって、種を湿気から守っている。

その引き出しのひとつには、次郎吉からもらった変化朝顔の種もある。

次郎吉が地面に描いた変化朝顔の花が、弥一郎の頭によみがえった。

縮れた花びらが重なり合った姿は、まるで打ち上げ花火のようで――。

大川で夏に打ち上げられる花火は、享保十七年（一七三二）の大飢饉（だいききん）や疫病で犠牲となった者たちの鎮魂と疫病退散を祈り、翌年に将軍吉宗が行った水神祭が始まりとなっている。両国橋（りょうごくばし）の近くに軒を連ねる料理屋が幕府の許しを得て、花火を打ち上げたのだ。

今年咲く朝顔の花は、まさに、火事で焼けた町の再興を表す花となる気がした。

まるで花火のように色鮮やかな変化朝顔の花が弥一郎の頭に浮かぶ。

次郎吉も、種を紙で二重に包んでいた。おそらく周囲の大人たちの助言を得て、種が傷まぬよう大事に取っておいたのだろう。

蒔（ま）けば、必ず芽を出すはずだ。

あの種から伸びていく茎は太くたくましく立派に育ち、葉を増やして、つぼみをつけ、やがて大きく花開くであろうか。

どのような花が咲くか楽しみだと、弥一郎は思った。

まぶたの裏で咲き誇っている変化朝顔の花の上に、ゆっくりと時枝の顔が浮かび上がってくる。

種騒動以来、どうしているかと気にかかっていたのだが、なかなか泉屋へ行く機会を作れずにいた。

近いうちに、一度様子を見にいってみるか――。

弥一郎のまぶたの裏で、変化朝顔の花がうなずくように、小さくふるりと花びらを震わせた気がした。

本書は書き下ろしです。

味(あじ)ごよみ、花(はな)だより

高田在子(たかだありこ)

令和4年 8月25日　初版発行
令和6年 11月15日　3版発行

発行者●山下直久

発行●株式会社KADOKAWA
〒102-8177　東京都千代田区富士見2-13-3
電話　0570-002-301(ナビダイヤル)

角川文庫 23300

印刷所●株式会社KADOKAWA
製本所●株式会社KADOKAWA

表紙画●和田三造

●お問い合わせ
https://www.kadokawa.co.jp/（「お問い合わせ」へお進みください）
※内容によっては、お答えできない場合があります。
※サポートは日本国内のみとさせていただきます。
※Japanese text only

ISBN 978-4-04-112823-7　C0193

◆◇◇

角川文庫発刊に際して

角川源義

第二次世界大戦の敗北は、軍事力の敗北であった以上に、私たちの若い文化力の敗退であった。私たちの文化が戦争に対して如何に無力であり、単なるあだ花に過ぎなかったかを、私たちは身を以て体験し痛感した。西洋近代文化の摂取にとって、明治以後八十年の歳月は決して短かすぎたとは言えない。にもかかわらず、近代文化の伝統を確立し、自由な批判と柔軟な良識に富む文化層として自らを形成することに私たちは失敗して来た。そしてこれは、各層への文化の普及滲透を任務とする出版人の責任でもあった。

一九四五年以来、私たちは再び振出しに戻り、第一歩から踏み出すことを余儀なくされた。これは大きな不幸ではあるが、反面、これまでの混沌・未熟・歪曲の中にあった我が国の文化に秩序と確たる基礎を齎らすためには絶好の機会でもある。角川書店は、このような祖国の文化的危機にあたり、微力をも顧みず再建の礎石たるべき抱負と決意とをもって出発したが、ここに創立以来の念願を果すべく角川文庫を発刊する。これまで刊行されたあらゆる全集叢書文庫類の長所と短所とを検討し、古今東西の不朽の典籍を、良心的編集のもとに、廉価に、そして書架にふさわしい美本として、多くのひとびとに提供しようとする。しかし私たちは徒らに百科全書的な知識のジレッタントを作ることを目的とせず、あくまで祖国の文化に秩序と再建への道を示し、この文庫を角川書店の栄ある事業として、今後永久に継続発展せしめ、学芸と教養との殿堂として大成せんことを期したい。多くの読書子の愛情ある忠言と支持とによって、この希望と抱負とを完遂せしめられんことを願う。

一九四九年五月三日